吉田雄亮

草同心江戸鏡

実業之日本社

実業之日本社文庫

草同心江戸鏡／目次

草同心江戸鏡

第一章　沙汰の限り

一

元禄《げんろく》十五年（一七〇二）、幕府は江戸の治安をより安定させるべく、南北ふたつの町奉行所にくわえて中町《なかまち》奉行所を創設した。

この年幕府は、いったん組織したものの不要と判断して解体した盗賊改《とうぞくあらため》を復活させている。

五代将軍綱吉《つなよし》は、生類憐《しょうるいあわれ》みの令の発布や、十万頭の野良犬を収容する犬小屋をつくるなど、人よりも犬を大事にする政《まつりごと》を行い、世に混乱を招いていた。

くわえて二代将軍秀忠《ひでただ》、三代将軍家光《いえみつ》が行った、相次ぐ外様大名の取り潰しによって世にあぶれた、いまだ戦国時代の気風を残す浪人たちの不穏な動きが、幕府に必要以上の警戒心を抱かせていた。

その異常なまでの警戒心が、中町奉行所を設け、盗賊改を再稼働させたにもかかわらず、あらたに探索に従事する陰の組織を結成させる。

草同心《くさどうしん》と名づけられた隠密組織は、伊賀《いが》組や黒鍬《くろくわ》の者の次男、三男から選りすぐられた四十人によって結成され、南北両町奉行所の年番方与力の支配下に置かれた。

陰扶持《かげぶち》三十俵を与えられた草同心は、浪人として江戸の町々に住み着き、それぞれ自分が住む町の近隣数町の様子を探り、異変の種を見つけたら、上役にあたる年番方に報告するように定められていた。

草同心には、探索途上で、わが身に危険が及んだ場合や、凶悪極まる悪人については斬り捨て御免の特権が与えられていた。

その草同心が組織されて十七年の歳月が流れた享保《きょうほう》四年（一七一九）、逼迫《ひっぱく》した幕府の財政立て直しに挑む八代将軍吉宗《よしむね》は、江戸の人口が膨らみつづけて町人だけで五十万人余、町の数が二百五十九町に達しているにもかかわらず、中町奉行所の廃止を決める。

かくして、江戸においては南北、二奉行所の体制が確立した。

江戸南北両町奉行所合わせて与力は五十騎、同心は百二十人。そのうち江戸で頻発する殺し、盗み、騙《だま》し、火付けなどの事件を探索する者は定町廻《じょうまちまわり》同心十二人、臨時廻同心十二人、隠密廻四人にすぎなかった。

厳しい見方をすれば、町人人口五十万人余の江戸の治安を守るべく、常時動いていたのは、わずか十二人の定町廻同心だけということになる。

が、それにもかかわらず、南町奉行に任じられた大岡越前守忠相《おおおかえちぜんのかみただすけ》より草同心の存在を知らされた吉宗は、江戸の町々に密かに配置された草同心の組織が、滞《とどこお》りなく機能することを見極めた上で、中町奉行所の廃止を決めたのだった。

二

大川の向こう岸近くの水面《みなも》に、深川《ふかがわ》の見世見世《みせ》に灯る明かりが映えて揺れている。

広い川面《かわも》のなかほどには、数艘の屋形船が浮かんでいた。

開けられた屋形船の窓の向こうに、芸者たちを侍《はべ》らせ、酒宴を楽しんでいる客たちの姿が垣間見える。

一艘の屋形船が三味線や太鼓の音《ね》を響かせると、競うように他の屋形船も三味や鉦《かね》で賑《にぎ》やかに囃《はや》したてる。

そんな大川の様子を、開け放した二階の窓ごしに眺めながら、酒肴《しゅこう》が置かれた高足膳を前に酒を呑んでいる、ふたりの武士がいた。

ふたりは、両国広小路《りょうごくひろこうじ》の大川沿いに建つ船宿〈浮舟《うきふね》〉の二階の座敷にいる。

五十がらみの、がっちりした体躯《たいく》の着流しの武士は、南町奉行所年番方与力吉野《よしの》伊左衛門《いざえもん》、向かい合って座っている月代《さかやき》をのばした浪人は、浅草寺《せんそうじ》近くの蛇骨《じゃこつ》長屋に住む秋月半九郎《あきづきはんくろう》だった。

半九郎は二十代後半、細身で目鼻立ちのととのった、歌舞伎《かぶき》の二枚目の演目の主役を担う花形役者にも引けを取らぬほどの優男《やさおとこ》であった。

伊藤派一刀流免許皆伝の腕前の半九郎は、下谷《したや》の伊藤派一刀流高林寛斎《たかばやしかんさい》道場で月に三度ほど代稽古《だいげいこ》を務《つと》めている。

手酌で杯に酒を注ぎながら、吉野が話しかけた。

「中町奉行所が廃止されて三ヶ月が過ぎた。浅草界隈《あさくさかいわい》に、何か変わった様子はないか。ほんの些細《ささい》なことでもいい。気づいたことがあったら話してくれ」

口に運んでいた杯《さかずき》を一息に干して、半九郎が応えた。

「私がまかされているところは、遊所や盛り場が点在する、御上《おかみ》の目が届きにくい一帯、表向きは何ら変わった様子もみえませんが、ただ」

「ただ、何だ」

「定町廻同心の姿を見かけることが、明らかに少なくなりました。見廻りの刻限を見極めたら、土地の無頼《ぶらい》どもが動きはじめるのではないかと」

「嵐の前の静けさ。いまは、そんな有様か」

「私はそう見立てております」

うむ、とうなずいて吉野が首をひねった。

「南、中、北と三つあった町奉行所がふたつになった。定町廻同心たちの動きがどう変わるか、息を潜《ひそ》めて成り行きを窺《うかが》っている。そんな無頼どもの様子が目に浮かぶようだ」

独り言のような吉野のつぶやきだった。

顔を半九郎に向けて、吉野がことばを重ねた。

「秋月、七年前、そちの父は探索の途上、何者かに闇討《やみう》ちされて帰らぬ人となった。わしは、父の死を知らせに拙宅《せったく》にやってきたそちの様子を、昨日のことのように覚えている。『父の跡を継ぎ、草同心の御役目につかせていただきたく、御願いにまいりました』と告げた、あのときの、昂ぶっている気持ちを抑えきった清々しいまでの腹のくくりように、わしは惚《ほ》れた、まだ顔に幼さの残る若者の立ち居振る舞いではなかった」

「二十歳《はたち》になったばかりのときでした。父上が草同心の任についていることは、十七のときに知らされました。母上は、産後の肥立ちが悪く、私を産んでまもなく逝《い》っております。天涯孤独の身になった私には、父の跡を継ぐことしか道はありませんでした」

「南町奉行所の年番方与力は二騎。同様に、北町奉行所にも二騎の年番方与力がいる。南北両町奉行所の年番方与力が、それぞれ十人の草同心を預かってる。三十俵の扶持分の為替を草同心たちに手渡すのも、わしの役目だ。そちの父御《てご》は、押し頂くようにして為替を受け取り、『本来なら冷や飯食いの身の上、傘貼りの内職で日々のたつきを得る暮らしで終わる身が、陰扶持とはいえ、御上から世禄を受けるようになるとは、私めは果報者でございます』と深々と頭を下げたものだった」

遠くを見るように空に視線を移して、吉野がことばを継いだ。

「そちの父御は、実直を画で描いたような男であった」

目を半九郎にもどして、吉野が告げた。

「町々に住み着き、町人たちに溶け込んで、そのうそ偽《いつわ》りのない、日々の暮らしぶりを探った上での草同心たちの報告が、どれほど御政道の役に立っていることか。草同心は、まさしく江戸の町々を映し出す鏡のような存在だ。これからもこころして励んでくれ」

「心得ております」

神妙な顔つきで半九郎が応えた。

「さて、堅い話はここまで。今夜はうまい肴《さかな》をたらふく食べて、それぞれ手酌で、楽しく酒を酌《く》み交わそうぞ」

微笑《ほほえ》んだ吉野に、

「遠慮なく馳走《ちそう》になります」

笑みを返した半九郎が、銚子に手をのばした。

三

「帰っていないはずがねえ。逃がしたのか」

箒《ほうき》で土間を掃いていた半九郎は、突然上がった男の怒鳴《どな》り声に動きを止めた。

出職の大工や担《にな》い商いの住人たちは、とっくに出かけている刻限である。

にもかかわらず、外はみょうにざわついていた。

気にはなっていたが半九郎は、昨日、吉野に会いに出かけたためにやりそびれていた土間の掃除にかかっていた。

「おっ母さんに何するの。やめて」

若い女の悲鳴に似た声が上がった。

持っていた箒を壁に立てかけた半九郎は、表戸を開けた。

数軒先の表戸の前に、人だかりがしている。

外へ出た半九郎は、人だかりへ近寄っていった。

ほとんどが長屋の嬶《かかあ》たちだった。いつもは長屋の露地木戸《ろじきど》からつづくどぶ板がつらなる通りで遊んでいる子供たちの姿がない。おそらく、騒ぎを避けて家のなかに引っ込んだのだろう。

蛇の墓場でもあったのか、長屋や長屋に隣接する風呂屋を建てるときに、地中から大量の蛇の骨が出てきたことから、蛇骨長屋と呼ばれている半九郎の住む長屋は、地主が広大な土地を所有していたこともあって、年々建て増されて、いまでは五十所帯ほど住む大長屋になっていた。

その建て増しは、いまでもつづいている。長屋が、どれほどの所帯数になるか、半九郎には見当もつかない。

が、半九郎には、長屋の所帯数が増えれば増えるほど好都合だった。長屋の住人が多くなれば、増えた分だけ耳にする噂の数は多くなる。草同心という役目柄、半九郎は、長屋の住人たちとできうる限り触れ合うようにしていた。

野次馬の嬶たちにまじって、大道易者の南天堂《なんてんどう》の姿があった。

歩み寄った半九郎が南天堂に声をかける。

「何の騒ぎだ」

小柄でちょび髭をはやした四十半ばの南天堂が、窪《くぼ》んだ小さな目を半九郎に向けて応えた。

「長吉《ちょうきち》さんが、奉公先の主人を殺してどこかへ逃げたみたいだ。もっとも、これは乗り込んできたふたりの男と、お杉《すぎ》さんやお千代《ちよ》ちゃんとのやりとりから、おれが推測した話だがな」

「まさか。長吉さんは病気がちなおっ母さんの面倒をみている優しい男だ。人を殺すはずがない」

「しかし、物の弾《はず》みということもあるからな」

突然、男がわめいた。

「ここで埒《らち》もねえやりとりを繰り返しても一文の得にもならねえ。とりあえず娘を連れていく。長吉が帰ってきたら、火盗改《かとうあらため》の役宅へ娘を引き取りにこい、とつたえろ。訪ねる先は同心の小柳伸蔵《こやなぎしんぞう》さまだ。わかったな、こい」

「いや。誰か助けて」

「やめておくれ。お願いだよ」

揉み合う音とお千代とお杉の叫び声が上がった。

南天堂が肘《ひじ》で半九郎の脇腹をつついて、声をかけてきた。

「身内というだけで事件にかかわりのないお千代ちゃんを、役宅に連れて行くなんて、何て奴らだ。これ以上の騒ぎは、お杉さんの躰《からだ》にも障《さわ》る。町道場の代稽古をしているんだろう。半さん、何とかしておくれよ」

「そうはいっても、相手は火盗改、何かと面倒だ。どうしたものか」

「何をうだうだいっているんだい。腕のふるいどころだろう。火盗改の取り調べは荒いと評判だ。何が起きるかわからない。お千代ちゃんが大怪我《おおけが》するかもしれないぜ」

ちらっ、と南天堂を見やって、半九郎が胸中でつぶやいた。

(南天堂のいうとおりだ。火盗改にお千代ちゃんを渡すわけにはいかない)

次の瞬間、

「わかった。やってみよう」

南天堂に告げた半九郎は、

「どいてくれ」

嬶たちに声をかけ、人混みをかきわけて歩き出していた。

半九郎がお千代の住まいの前に立ったとき、なかからお千代を脇に抱えるようにして、男のひとりが出てきた。つづいて別の男が現れる。

無言で男たちの前に立ち塞がった半九郎を睨《にら》みつけて、男が凄《すご》んだ。

「御上の御用だ。邪魔したら、後で泣きをみることになるぜ」

じっと男を見据えて半九郎が告げた。

「ここに住む秋月半九郎という者だ。お千代さんは、おれが預かる」

「何を寝惚《ねぼ》けたことをいってやがるんだ。どきやがれ。怪我するぜ」

凄んだ男を見据えたまま半九郎が応じた。

「そのことば、そっくりお返ししよう。腕ずくでもお千代ちゃんを預からせてもらう。いいな」

一歩迫った半九郎に、

きた。

「野郎、こらしめてやる」

お千代を抱えていた男を押しのけるようにして、別の男が半九郎に飛びかかって
男の手首をつかんだ半九郎が、捻《ひね》り上げるようにして大きく腕を振った。

空に舞った男が、どぶ板に叩きつけられる。

「やるか」

半九郎がお千代を抱えた男を振り返った。

「てめえ」

吠《ほ》えるなり、男がお千代を半九郎に向かって突き飛ばした。

半九郎がお千代を抱き留める。

その隙《すき》に半九郎の脇をすり抜けた男が、投げ飛ばされた男に駆け寄った。

投げられた男を抱き起こした男が、半九郎を睨みつけて怒鳴った。

「その女が姿を眩《くら》ましたら、おまえさんを引っくくるぜ。覚えていろ」

投げられた男に肩を貸した男が、露地木戸へ向かって走り去って行く。

お千代を抱き留めたまま、半九郎が逃げていく男たちを見やっている。

と……。

嬶のひとりが囃したてた。

「ご両人。お似合いだよ」

その声に、はっとわれに返ったお千代が、あわてて半九郎を突き飛ばすようにして離れた。

袖《そで》で顔を隠したお千代が、住まいへ走り込んでいく。

ガタン、と大きな音をたてて、表戸が閉じられた。

半九郎が呆気《あっけ》にとられて、表戸を眺めている。

四

「騒ぎは終わった。みんな引き上げてくれ」

嬶たちに、南天堂が声をかけた。

お千代の家の前から、井戸端《いどばた》に場所を移した嬶たちは、しゃがみ込んで何やら話し合っている。

そんな嬶たちを見ながら、半九郎が南天堂に声をかけた。

「お杉さんとお千代ちゃんに話しておくことがある。付きあってくれ」

「お千代ちゃんたちをたすけてやれ、と半さんをたきつけたのはおれだ。断るわけにもいくまい。それじゃ、先触れをつとめるか」

南天堂が表戸に手をのばした。


なかに入ってきた半九郎と南天堂にお杉が声をかけてきた。

「秋月さん、助けてもらって、ありがとう。上がってください」

頭を下げたお杉の傍《かたわ》らに、夜具が敷いてある。

体調が悪くて、お杉は寝込んでいたのだろう。そう推測した半九郎は、

「そうかい。それじゃ上がらせてもらうよ」

と草履《ぞうり》を脱ごうとした南天堂の腹を、平手で軽くはたいて告げた。

「上がって話すほどのことじゃない。ここでいい」

「そうですか。それじゃことばに甘えて」

応じたお杉に半九郎がいった。

「相手は火盗改の手先だ。このまま引き下がるとはおもえない。お千代ちゃんの身柄を預かるといった手前、それなりのことをしなければならぬ。わかってくれ」

「わかっています。どうすればいいか、教えてくださいな」

応えたお杉の後ろに、固い表情でお千代が座っている。

ふたりに目を向けて、半九郎がいった。

「出かけるときは、おれか南天堂さんに声をかけて、行く先を教えてもらいたいんだ。手先たちがやってきたら、それ相応の受け答えをしなければならない。相手は火盗改だ。そつなくやりたい。いちゃもんをつけられるようなことになったら、後々面倒だからな」

おずおずとお千代が声を上げた。

「出かけるとしたら、呉服町《ごふくちょう》の呉服問屋越前屋《えちぜんや》さんに頼まれて縫《ぬ》い上げた小袖を届けにいくだけです。あとは近くに料理の材料を買いにいくぐらいで」

わきから南天堂が口をはさんだ。

「越前屋さんから仕立て物を引き受けているのかい。おっ母さんの得意先を引きついだわけだな」

「そうです。おっ母さんとふたりで越前屋さんに出入りさせてもらっています」

お千代が七つのとき、大工だった父親が足場から落ち、打ち所が悪くて死んだ。五つ違いの兄、長吉は父親が働いていた棟梁《とうりょう》のところで見習いとして働きだし、仕立ての技を身につけていたお杉は、伝手《つて》をたよって越前屋の仕立て物を引き受け、仕日々のたつきを得ている、と以前、父から聞いたことを半九郎はおもいだした。

「越前屋さんや、どこか遠くへ出かけるときだけ声をかけてくれればいい。おれが留守にしていたら、南天堂さんに声をかけてくれ」

顔を南天堂に向けて、半九郎がことばを重ねた。

「引き受けてくれるね、南天堂さん」

「まかしとけ。おれは蛇骨湯にいくとき以外は、夕の七つ半までは家にいる。何の用があるか知らないが、しょっちゅう留守にしている半さんより、おれのほうがつかまりやすい。半さんのところへ顔を出す前に、おれに声をかけたほうがいいかもしれない」

「そうします」

応えてお千代が会釈《えしゃく》をした。

話が終わったのを見計らって半九郎が告げた。

「用はすんだ。引き上げる」

「よろしく頼みます」

「これからも相談にのってください」

相次いで声を上げて、お杉とお千代が再び頭を下げた。

「まかしときな」

ぽん、と南天堂が平手で自分の胸を叩いた。

そんな南天堂とお千代たちを、笑みをたたえた半九郎が無言で見やっている。

五

外へ出て、数歩いったところで南天堂が、突然立ち止まった。

肩をならべていた半九郎も足を止める。

半九郎の耳のあたりまでしか背丈のない南天堂が、見上げるようにして声をかけてきた。

「半さん、助けてやってくれといいだしたおれがいうのも何だが、よく考えてみたら、相手は強引なやり口で怖れられている火盗改だ。大丈夫かな」

「いまさら気にしても仕方がない。成り行きにまかせるしかないだろう。それよりおれは長吉さんのことを、よく知らない。これからおれの家にきてくれ。、長吉さんについて知っているかぎりのことを教えてもらいたいのだ」

「暮六つまでに、いつも八卦見《はっけみ》の店を出している浅草東仲町《ひがしなかちょう》の茶屋町のはずれの、柳の木の下までいけばいい。それまでは閑《ひま》な躰だ。長吉について知っていることは、洗いざらい話して聞かせるぜ」

「おれの家は目と鼻の先だ」

「お隣りさんだぜ。そんなことはわかりすぎるほど、わかっているよ」

歩き出した半九郎に、軽口をたたきながら南天堂がつづいた。

一間しかない住まいの座敷で、胡座《あぐら》をかいた半九郎と壁に背をもたれかけた南天堂が、顔だけ向き合って話している。

長吉が奉公している大倉屋《おおくらや》は、売掛金を、売掛高の七割で買い取る、高利貸しまがいの商いをしている店であった。

長吉が勤めていた大工の棟梁が請け負った普請《ふしん》の、普請主からの入金が遅れたことで資材代や大工ら職人たちの手間賃が払えなくなったときに、棟梁の供をして売掛金を売りにいったことが、大倉屋に奉公するきっかけになった。

病で床に臥《ふ》しがちなお杉の薬代の支払いも滞っていた。長吉が身を粉《こ》にして働いても、大工の手間賃では、薬代を払ったら日々の飯代にも事欠くほどの貧しさだった。

人手不足で困っていた大倉屋の主人は、やってきた長吉に目をつけ、大倉屋に奉公しないか、と誘いをかけた。

倍近い給金を払う、といわれた長吉は、二つ返事で大倉屋に奉公することにした。長吉が大倉屋に奉公して五年。

いまでは長吉は大倉屋の片腕として働いている。が、こき使われているわりには給金は上がっていないようだった。

「深更までやっている居酒屋一升《いっしょう》で、仕事帰りに軽く呑みにいくときがあるのだが、いついっても長吉が呑んでるんだ。顔見知りだから、相席するんだが、いつも大倉屋の主人の悪口ばかりいっている。あの様子じゃ、かなり不満がたまっているんだな。物の弾《はず》みで、つい頭に血がのぼって、殺すつもりじゃなかったが、つい力余ってやっちまった、ということがないとはいえない」

腕組みをした南天堂が、沈痛な面持ちで首を捻って、ことばを継いだ。

「大倉屋の愚痴《ぐち》をいいながらも長吉は、朝早く店へ出かけていく。根が生真面目《きまじめ》な奴でな。売掛金の取り立てにもいくといっていたが、あの気性で、よく売掛屋の奉公がつとまるなと、いつもおもっているんだ」

長吉について知っていることはほとんど話し終えたと判じた半九郎が、南天堂に問いかけた。

「おれは大倉屋がどこにあるかも知らぬ。知っていたら場所を教えてくれ」

「わかった。商売に出かけるには、まだ時がある。いまからいこう」

半九郎の返事も待たずに、南天堂が裾《すそ》を払って立ち上がった。

六

大倉屋は下谷長者町《ちょうじゃまち》にあった。

店というより黒い板塀に囲まれた、大きめの妾宅といった外観の建家だった。ただ板塀の頂《いただき》には、盗人《ぬすっと》の侵入を防ぐための忍び返しが取り付けてある。

閉ざされた木戸門の両開きの扉の一方に、片扉の潜り口が作り付けられていた。

悪戯《いたずら》半分に南天堂が潜り口の扉を押した途端、派手に鈴の音色が響き渡った。

扉を押すと、扉に結《ゆ》わえつけてある重し代わりの大きな鈴が鳴る仕組みになっているのだろう。

大倉屋と墨で書かれた木札が、木戸門の一方の柱に打ちつけられている。

前に立って、木札を見つめた半九郎が南天堂に声をかけた。

「女用の下駄《げた》ぐらいの大きさの、この木札が、大倉屋の看板代わりか。初めてやってきた客は、見つけられずに引き上げていく者もいるだろうな」

「それはないだろう。何とかして金をつくりたい、と必死なおもいでやってくる連中ばかりだ。死に物狂いで見つけだすだろうよ」

南天堂が応えたとき、なかから木戸門に近寄ってくる足音が聞こえた。

顔を見合わせた半九郎と南天堂が、さりげなく木戸門から離れる。

通りの向かい側の町家の前に身を移したふたりが、木戸門を見やった。

潜り口から出てきた浪人が、持ってきた一枚の紙を木戸門の扉に貼り付ける。

紙には、

〈忌中〉

と書かれていた。

紙がしっかりとついているかどうか、紙のまわりを押さえてたしかめた浪人が、納得したのかゆっくりと踵《きびす》を返した。

浪人が木戸門の潜り口から入っていく。

閉められた木戸門に目を注ぎながら、半九郎が南天堂に話しかけた。

「あの浪人、大倉屋の用心棒かな」

「売掛屋という商売柄、用心棒がいてもおかしくない。売掛屋の買い取り高は三割引きの七割渡しと相場が決まっている。しかも売掛金の受取日が、一ヶ月以内の相手としか取引しないようだ」

「いつも感心するのだが、南天堂は、ほんとに物知りだな」

得意そうに鼻を蠢《うごめ》かして、南天堂が応えた。

「占《うらな》いの店を出していると、悩み事のあるいろいろな客がやってくる。一月ほど前、売掛金を売ろうか売るのをやめようか迷っているという客がきて、そんなことをいっていた。売掛屋の商いは、売掛一口にたいし一度だけの取引だ。客は、手間賃と利息合わせて三割引かれても金を借りずに急場をしのげたという、安堵《あんど》のおもいのほうが強いのだろう」

「そのおもい、おれにもよくわかる。金が足りなくなると何かとつらいからな」

「半さんだけじゃない。みんな、同じおもいだよ」

小さく溜息《ためいき》をついて、南天堂がつづけた。

「そろそろ引き上げるか」

「そうだな。店開きの前に、よけいな手間をかけた」

「お互いさまだ。面倒の種をまいたのは、おれのほうだよ。商いに出る支度がある。

急ごう」

南天堂が歩き始めた。

ちらり、と大倉屋に目を走らせて、半九郎が足を踏み出した。

七

蛇骨長屋の露地木戸に入ったところで半九郎と南天堂が、ほとんど同時に足を止めた。

「お千代ちゃんが、半さんの家の前に立っているぞ」

声を上げた南天堂に半九郎が応じた。

「何かあったのかもしれぬな」

いうなり半九郎は歩き出していた。

近寄ってくる人の気配に気づいて、うつむいていたお千代が顔を上げた。

やってくる半九郎たちを待ちきれぬのか、お千代が走り寄る。

「どうした?」

問いかけた半九郎にお千代が、

「兄ちゃんが」

いいかけたことばを呑み込んで、あわてててまわりに目を走らせた。

泣いていたのか、お千代の目が赤くなっている。

「長吉さんが見つかったのだな」

こくり、とうなずいたお千代の目が、みるみる潤《うる》んでいく。

わきから南天堂が口をはさんだ。

「乗りかかった舟だ。半さん」

南天堂のことばにかぶせるように、お千代がいった。

「おっ母さんが、秋月さんに相談に乗ってもらいたいといっていて、それで、待っていたんです」

「わかった」

顔を南天堂に向けて、半九郎がことばを重ねた。

「南天堂、話は、おれひとりできく。商売に出かけてくれ」

「すまない。時が許すかぎり、手伝う」

「気にするな。おたがい日々稼がねば、暮らしていけぬ身の上だ。しっかり稼いでこい」

「そのうち、おごる」

手で酒を呑む仕草をして、南天堂が笑いかけた。

「楽しみにしているぞ」

笑みを返した半九郎が、南天堂からお千代に視線を移した。

「お千代ちゃん、行こう」

無言でうなずいて、お千代が背中を向けた。

自分の家に向かうお千代に、半九郎がつづく。

そんなふたりを南天堂が、心配そうな面持ちで見送っている。


一間しかない座敷で、半九郎がお杉、お千代と向き合って話している。

「今朝方やってきた火盗改の手先ふたりが、長吉さんが捕まったとつたえにきたというのだな」

首を傾げて、半九郎がつづけた。

「どうも腑《ふ》に落ちぬな。ふたりはなぜ、長吉さんが捕まったことをつたえにきたんだ。長吉さんを捕まえたら、事件はそれで落着。身内とはいえ、事件に関わりのないお杉さんたちに長吉さんを捕縛したことを、わざわざつたえにくる必要もないとおもうのだが」

焦燥《しょうそう》しきった様子でお杉が応えた。

「あたしもそうおもいます。手先たちは、岩松《いわまつ》と竹八《たけはち》と名乗っていました。兄貴分の岩松が、お千代を見つめて、気になることを口走ったんです」

「気になること？」

鸚鵡《おうむ》返しをした半九郎に、

「これからも長吉のことはつたえにくる。おれは長吉の調べに手心を加えることもできるんだ。魚心あれば水心。そこんところを、母子ともども、とくに娘さんにいいたいんだが、よく弁《わきま》えておいてくれ。これからも、調べがどうなっているか教えに、ちょくちょく顔を出すからな、といって、ねっとりとからみつくような目でお千代をみたんです。竹八は薄ら笑いを浮かべて岩松とお千代を見やっていました」

そこでことばを切ったお杉が、呻《うめ》くようにことばを継いだ。

「長吉のことだけでも辛いのに、お千代にまで厄介《やっかい》ごとが降りかかってくるなんて、どうしたらいいか、わたしにはわからなくて」

お杉が大きく息を吐き出した。躰の奥底から噴き上がってきた懊悩《おうのう》を、すべて吐き出そうとしているかのようなお杉の仕草だった。

ふたりに視線を注いで、半九郎が告げた。

「おれでよければ、いつでも相談に乗る。遠慮なくいってくれ」

「よろしくお頼み申します」

深々とお杉が頭を下げた。お千代が、お杉にならう。

「岩松たちから聞いた、長吉さんが捕まったときの様子を話してくれ」

「長吉は、大倉屋へ出入りしている工藤喜平次《くどうきへいじ》さんというご浪人の住まいに潜んでいたそうです」

「大倉屋の用心棒か、その工藤某《なにがし》は」

「用心棒だけではなく、大倉屋さんの商いの相談役でもあったようです。売掛屋という商いの仕組みをおもいついたのも工藤さんで、何でも、高利貸しの手代で小銭を貯めていた大倉屋さんに売掛屋を始めるようにすすめたのが工藤さんだと、長吉がいっていました」

岩松はお杉たちに、商いのことで大倉屋と長吉が口論になったこと、大倉屋の悪口雑言《あっこうぞうごん》に激高した長吉が、いきなり大倉屋に飛びかかったこと、揉み合ううちに大倉屋が柱に頭をぶつけて気絶したこと、気を失った大倉屋の首を長吉が絞めつづけたこと、大倉屋の女房とともに同座していた工藤が見かねて、長吉を大倉屋から引き離したこと、おれの家で頭を冷やしてこい、といわれて長吉が工藤の家にいったことなどを話したという。

「火盗改の同心小柳伸蔵さまの厳しい追及に負けた工藤さんが、自分の住まいに長吉がいると白状されたそうです。それで、火盗改の方々が工藤さんの家に踏み込まれて、長吉が捕まったと」

話しつづけたお杉に半九郎が問うた。

「あらかたのことはわかった。いま長吉さんは、火盗改の牢に入れられているのだな」

「岩松は、そういっていました」

「そうか」

短く応えて、半九郎が黙り込んだ。

(火盗改の取り調べは厳しい。自白を強要され、拷問の辛さに耐えかねて、罪を認めたりすると大変なことになる。時がない。もっとも、長吉が主人の大倉屋を殺していないとはいいきれぬが)

胸中でつぶやいた半九郎のなかで閃《ひらめ》くものがあった。

(なぜ火盗改が動いているのだ。ふつう主人殺しの訴えは、自身番に出され、町奉行所につたえられる。火付け、盗賊の探索を主な任務とする火盗改が動く一件ではない。誰かが火盗改に訴え出ないかぎり、町奉行所より先に火盗改が動くことはないのだ。いったい誰が、火盗改に知らせたのか）

湧き上がった疑念が、半九郎に長吉は誰かに陥《おとしい》れられたのではないか、との確信に似たおもいを抱かせた。

そんな半九郎のおもいを、目の前にいるお杉とお千代の暮らしぶりが裏付けている。会ったときに挨拶《あいさつ》を交わす程度の付き合いだが、半九郎は長吉にも悪い印象をもっていなかった。

突然、口を噤《つぐ》んだ半九郎を不安そうな目でお杉とお千代が無言で見つめている。

そんなふたりの視線を感じとって、半九郎が顔を向けた。

「岩松がきたら、おれの名をいってくれ。どんなかかわりだ、と訊《き》かれたら、お千代とも親しく付き合っている仲で、どんなことでも相談に乗ってもらっている、とつたえ、おれを迎えに行きたい、話し合いにくわわってもらう、と告げるのだ」

「わかりました」

「そうします」

相次いでお杉とお千代が声を上げた。

「長吉さんが、大倉屋から売掛金を買い取ってもらっている者の名を話したことはないか。憶《おぼ》えていたら教えてくれ」

再び問いかけた半九郎に、

「長吉は、仕事のことは、ほとんど話しませんでした。ただ長吉が働いていた阿部《あべ》川町《かわちょう》の大工の棟梁文五郎《ぶんごろう》親方が、大倉屋さんにちょくちょく売掛を買い取ってもらいにくる、といっていました」

「阿部川町に住む大工の棟梁文五郎親方が、ちょくちょくな」

つぶやいた半九郎が、うむ、と首をひねった。ちょくちょく大倉屋に通っている文五郎は、大倉屋の内情を調べるための、よい手づるになるかもしれない。半九郎は、そう考えたのだった。

縋《すが》るような眼差《まなざ》しで見つめるお杉とお千代の視線を、半九郎は痛いほど感じていた。

「すべて成り行き次第だ。どんな細かいことでもいい。気になることがあったら、すぐ知らせてくれ。おれにできることは、何でもやるつもりだ」

笑みをたたえて半九郎が告げた。

ちらり、と顔を見合わせたお杉とお千代が、安堵と不安が入り交じったような笑みを浮かべて、半九郎に視線をもどした。
そんなふたりのおもいを、半九郎はしかと受け止めている。

第二章　虎の子渡し

一

お千代母子の住まいを出た半九郎は、家にもどるべく足を踏み出した。

数歩すすんだところで足を止め、首をかしげる。

突然湧きあがった思案にとらわれていた。

大倉屋に奉公する前、長吉は大工の棟梁《とうりょう》のところで働いていた。その大工の棟梁は、大倉屋に何度か売掛金を買い取ってもらっている。長吉に疑いがかかっている大倉屋殺しの諍《いさか》いのもとは、その棟梁ではないか、と半九郎は考えたのだった。

幸いなことに蛇骨長屋には、そのところにいる留助《とめすけ》という四十がらみの大工が、女房お松《まつ》、七つの男の子、四つになる娘と四人で暮らしている。

長屋の嬶《かかあ》たちの井戸端会議には必ず顔を出しているお松のことが多少気になったが、半九郎は、棟梁に近づく他の手立てをおもいつかなかった。

表戸の前に立って声をかけると、留助が、

「いま行くよ」

と声を上げ、すぐに表戸を開けた。

「秋月さんが訪ねてくるなんて珍しいね。何か用かい」

平べったい丸顔に細い目、低い鼻、背が低くて小太りの留助は、幼児がそのまま大人になったような体型をしている。

「頼みがあってきたんだ」

小声でいって、ちらり、と奥を見やった半九郎に、他人に聞かれたくない相談事かもしれない、と勘ぐったのか、留助が外へ出てきて、後ろ手で表戸を閉めた。

「お松から聞いたが、このところ長吉のことで火盗改の手先がお杉さんのところに押しかけてきているんだって。一度は、秋月さんが仲に入って追い返したって話だけど、頼みってのは、そのことにからんでのことかい」

火盗改がらみの騒ぎのことは、すでに留助の耳に入っていた。お喋りのお松のことだ。当然のことだろう。

「いや、そのこととはかかわりはない。実は、手元不如意《ふにょい》でな。武士は食わねど高楊枝というが、実際はそうもいかん。米櫃《こめびつ》に一粒の米もない。稼ぎたいんだ。留助さんの働いている普請場で日傭《ひよう》の仕事はないかな」

「急にそういわれても、棟梁に訊いてみないと」

「口入れ屋にいくことも考えたんだが、仲立ち賃をとられるし、何かと手続きが面倒だしな。それに口入れ屋に出向いても、明日から働ける日傭の口があるとはかぎらない」

「それもそうだ。それほど困ってるのかい」

「頼む。なんでもやる。土捏《こ》ねに材木運び、力仕事なら何でもできる。なんとかならないかな」

頭を下げた半九郎に、あわてて留助が顔の前で手を左右に振った。

「そんなことしちゃいけねえよ。浪人とはいえ秋月さんは、れっきとしたお侍だ。大工風情のおれに、頭を下げないでくださいよ。町方のお役人にでも見られたら、おれが、お侍にたいして無礼極まるとかいわれて、厳しいお叱《しか》りを受けてしまう」

「気にするな。おれたちは同じ長屋に住んでいる間柄だ。頼んでいるおれが、頭を下げるのは当たり前のことだよ」

「そうはいってもねえ」

独り言のようにつぶやいた留助が、顔を半九郎に向けてことばを重ねた。

「よっぽど困っているようだね。材木運びや土捏ねなど雑用一切やってくれるんだったら、明日から働けるように棟梁に頼んでやるぜ、何せいまの普請場は人手が足りなくて困っているんだ。明日の朝四つ半におれんところにきてくれ。一緒に普請場へ行こう」

「ありがたい。この通りだ」

半九郎が片手で拝む格好をした。

二

よほど人手が足りなかったのか、留助に連れられて普請場へやってきた半九郎と顔を合わせて、たがいの名などを名乗り合った後、棟梁の文五郎がいった。

「留助と同じ長屋に住んでいるというだけで、おれには何の文句もありません。留助が請け人ということで、今日からさっそく働いてもらいましょうか」

半九郎が腰に帯びている大小二刀に目を走らせた文五郎が、さらにことばを継いだ。

「腰の物騒な代物《しろもの》は、留助の大工道具入れの箱にでもくくりつけといてくださいな。なくなりでもしたら大変だ」

「そうします。留助さん、預かっておいてくれ」

応じた半九郎が、帯から抜き取るべく、大刀に手をのばした。

尻端折《しりはしょ》りをした半九郎が材木を担いで運んでいく。

見ていた文五郎が怒鳴りつけた。

「違う違う。そっちの普請場へ運ぶんじゃねえ。その木材は、あっち側の普請場で使う分だ」

足を止めた半九郎が、文五郎が指さしたほうを見やった。

この普請場は、二棟同時に普請がすすめられていた。小さな庭が建屋の裏手にひろがっている。二階家だった。

表通りに面している。棟上げされている柱の様子からみて、おそらく小さな店になるのだろう。

運んだ材木を地面に置いた半九郎に、再び棟梁の声がかかった。

「動きが遅いよ。急いで積んである材木のところにもどって、もう一方の普請場のほうへ運んでおくれ」

大きくうなずいた半九郎が手の甲で汗を拭《ぬぐ》いながら、小走りで材木の山へ向かった。

積み重ねられた材木に腰を下ろして、留助と半九郎が昼飯の握り飯を頬張っている。

「疲れたろう、秋月さん。棟梁は人使いが荒いからな。材木を担いで右から左へ働きづめだった。傍《はた》で見ていて、よく躰《からだ》が持つものだと感心していたよ。さすがに剣術の道場で代稽古をつとめているお人だ。おれとは日頃の鍛え方が違うってね」

話しかけてきた留助に半九郎が応えた。

「まさに天手古舞《てんてこま》いの忙しさだったな。いま普請している二棟の建屋の裏に長屋でも建つのかい」

「そうらしい。家主の払いが悪くて、棟梁も金繰りに苦労しているみたいだ」

大倉屋の話を持ち出すには、いいきっかけだ。そう判じた半九郎は、意味ありげに話しかけた。

「棟梁は、大倉屋をあてにしているのだろうが、今度はどうかな。うまく売掛金を買ってもらえるかな」

案の定、留助が話に乗ってきた。

「そりゃ、どういうわけだ」

「いままでは弟子同然の長吉さんが大倉屋にいて、いろいろと手配りしてくれた。その長吉さんが、大倉屋殺しの下手人《げしゅにん》として火盗改に捕まっているんだ。これまでみたいに都合よく話がすすむのかな。大倉屋の商いを引き継ぐのは、おそらく女房だろう。女房からしてみれば棟梁は、旦那を殺した長吉さんとは縁の深い相手だ。前と同じように扱ってくれるかどうか、心配だ」

「そういわれれば、そんな気がしてきた」

手に持っていた握り飯の残りを無理矢理口に突っ込んで、留助が立ち上がった。

「一緒に棟梁のところへいってくれ。いま秋月さんが話したことを棟梁にもつたえてくれないか」

「わかった」

やはり手にしていた握り飯の残りを口に押し込んで、半九郎が腰を浮かした。

少し離れたところで、ひとりで昼飯を食べていた文五郎は、ただならぬ顔つきでやってきた留助に不機嫌そうにいった。

「いま飯を食っているんだ。後にしてくれないか」

「棟梁、大変なことが起こったんですよ」

「大変なこと、何だ」

わきから半九郎が声を上げた。

「大倉屋が殺されたんだ。長吉さんが主人殺しの疑いで火盗改に捕まっている」

「何だって」

目を留助に向けて、文五郎がわめいた。

「こんな大変なことを、何で早く知らせないんだ、この馬鹿野郎」

「怒らないでくださいよ、棟梁。あっしだって、長吉が捕まったことを、いま知ったんですから」

再び半九郎が口をはさんだ。

「ひょんなことから長吉さんのおっ母さんたちから相談されてな。いろいろと話を聞いてやっているんだ。長屋のなかで、長吉さんが火盗改につかまっていることを知っているのは、おれの他にもうひとりいるだけだ」

箸《はし》を置き、弁当の蓋《ふた》を閉めて、文五郎が声をかけた。

「秋月さん、大倉屋さん殺しで長吉が捕まった経緯《いきさつ》を話してくれませんか」

「あくまでもお杉さん母子から聞いた話だが」

と前置きして、長吉が仕事のことで大倉屋と諍いになり、最初は口喧嘩《くちげんか》だったが、突然取っ組み合いになって、長吉が大倉屋を突き倒した。打ち所が悪かったのか大倉屋は気を失い、いつのまにか息絶えていた、と半九郎が話して聞かせた。

聞き終えた文五郎が、大きく溜息をついた。

「困ったことになった。この普請場を動かすには急ぎの金がいるんだ。今度も長吉がうまく立ち回ってくれるだろうと、前々から相談をして、あてにしていた。長吉の奴、何てことをしてくれたんだ」

呻《うめ》くようにいって、文五郎が黙り込んだ。

重苦しい沈黙が流れた。

半九郎は、文五郎の様子をさりげなく探っている。

再び、文五郎が息を吐き出した。

うむ、と首をひねる。

あきらかに文五郎は途方に暮れていた。

そんな文五郎の有様から、大倉屋以外に金づくりの当てはないのだ、と推断して半九郎が声をかけた。

「いまから大倉屋へ行きましょう。おれもついていきます。日傭で働きにきていた蛇骨長屋に住む浪人から、長吉に大倉屋さんが殺されたと聞いた。知らせてくれた浪人と一緒に取るものも取り敢《あ》えず飛んできたんだ、といえば大倉屋の連中も無下《むげ》に扱わないでしょう」

「そうだな。大倉屋とのかかわりを持ちつづけるには、それしか手はないかもしれねえ」

独り言のような文五郎のつぶやきだった。

顔を半九郎に向けて、文五郎が告げた。

「秋月さん、大倉屋へ出かけようか」

無言で半九郎が顎を引いた。

三

大倉屋の木戸門の両開きの扉の片側に、

〈忌中〉

と墨書された紙が貼り付けてある。

先日、南天堂ときたときと同じ光景だった。半九郎は、大倉屋にくるのは二度目だったが、そんな様子はおくびにもださない。

ぐるりを見渡して文五郎がつぶやいた。

「弔《とむら》いは、とっくに終わっちまったのかな。人の気配がねえ。売掛金を買い取ってもらいたい客がたくさんいて、いつきても待たされたもんだが、弔問《ちょうもん》にくるのが遅すぎたか」

ふう、と小さく息を吐き出して文五郎が独り言ちた。

「何の知らせもこなかった。長吉と縁が深い相手とみて、つたえなかったのかもしれねえ。顔を出しても、けんもほろろに門前払いってところがオチかな」

うむ、と首をひねった文五郎に、半九郎が声をかけた。

「稼業柄、おおっぴらに弔いの知らせを出さなかったのかもしれない。いずれにしても顔を出して、大倉屋の女房の反応を見極めたほうがいいのではないか」

顔を半九郎に向けて、文五郎が応じた。

「それもそうだ。なかに入るか」

一方の扉につくりつけられた潜り口の戸を、文五郎が押した。

開けると、戸に結わえ付けられている鈴が鳴った。

潜り戸をくぐって入ってきた文五郎と半九郎を、表戸を開けて奉公人が出迎えた。

鈴の音をきいて、すぐ出てきたのだろう。

「大工の棟梁の文五郎だ。線香を上げにきた」

半九郎に目を走らせて、奉公人が訊いてきた。

「こちらさまは」

「秋月半九郎さんだ。長吉と同じ蛇骨長屋の住人で、何くれと相談に乗ってもらっているお人だ」

応えた文五郎のことばを引き継ぐように半九郎がいった。

「秋月半九郎だ。仏に手を合わせにきた」

「ご苦労さんです。お入りください」

奉公人が脇に躰をずらして、入ることができるようにした。

文五郎が足を踏み入れ、半九郎がつづいた。

壁際に棺桶《かんおけ》が置かれ、その前に形ばかりの祭壇がもうけられていた。

祭壇の脇に大倉屋の女房お葉《よう》が座っている。その傍《かたわ》らに、

「相談役を務めてもらっている」

とお葉が紹介した、工藤喜平次という名の浪人が控えていた。

まず文五郎が、つづいて半九郎が焼香をすませた。

半九郎が座るのを見届けた文五郎が、お葉に訊いた。

「こんなときに何だが、商いはつづけるのかい」

躊躇《ちゅうちょ》することなく、お葉が応えた。

「やります。工藤さんが前面に出て、あたしを手助けしてくれるそうです」

横から工藤が声を上げた。

「売掛金を買い取ってくれという話なら、いまでもいいぞ。大倉屋は金儲《もう》けが大好きな男だった。この場で、買い取る金高、買い取りにかかわる手間賃など、細かいことを詰めていこう。そのほうが、かえって仏の供養になるかもしれぬ」

さすがに気が引けたのか、文五郎が、

「買い取りの手続きに必要な証文をそろえて、二日後に出直してきますよ。例によって急ぎの金でして」

「わかった。待っているぞ」

と応じた工藤が半九郎に向き直って訊いた。

「長吉と同じ長屋に住んでいると聞いたが、長吉が大倉屋を殺した罪に問われて、火盗改に捕らえられたことを知っての上できたのか。どういうつもりだ」

困惑した文五郎が、半九郎に目を走らせた。

あまりにも直截《ちょくせつ》的な工藤の問いかけに半九郎が、

「どういうつもりといわれても」

苦笑いして、いいよどんだ。

わずかの沈黙の後、半九郎がつづけた。

「どういうつもりといわれても、たまたま棟梁の普請場で日傭の仕事をしていたので、いわゆる成り行きにまかせてやってきた。それ以外の何ものでもありません。ただ」

「ただ、何だ」

「ただ、あの親孝行の長吉さんが大倉屋さんを殺したなんて、とても考えられなくて」

相手の反応をみるために発した、半九郎のことばだった。

皮肉な目で、工藤が半九郎を見据えた。

「様子を見にきたのか」

「いえ。そんなつもりじゃ。様子を見にきたなんて、とんでもない」

あわてて打ち消す半九郎を工藤が睨みつけた。疑念のこもった、鋭い眼差しだった。

険悪なものを感じたのか、文五郎が声を上げた。

「そろそろ引き上げさせてもらいます。普請場にもどらなきゃならない」

腰を浮かせた文五郎に、

「おれも帰りますよ」

あわてて半九郎が立ち上がった。

そんなふたりを工藤が凝然《ぎょうぜん》と見つめている。

四

大倉屋を出たところで、半九郎が文五郎に声をかけた。

「気になることがあるので、引き上げさせてもらいます」

「長吉のおっ母さんたちのことかい」

訊いてきた文五郎に、

「ええ、まあ」

曖昧《あいまい》に応えた半九郎に、

「わかった。大倉屋にきてよかったよ。ご苦労さん」

笑みをたたえて文五郎がいった。

「それじゃ、これで」

半九郎が文五郎に頭を下げた。

蛇骨長屋にもどった半九郎は自分の住まいに帰らずに、お仲《なか》の住まいへ向かった。

「秋月だ。帰っているかい」

表戸ごしに声をかけると土間に降りる足音がして、なかから表戸が開けられた。顔をのぞかせてお仲が笑いかけた。

「とんとお見限りだったね、半さん」

「貧乏暇なしでな」

笑みを返して、半九郎がなかに足を踏み入れた。


座敷には、半九郎ひとりが座っている。

土間に降りたって、お仲は湯を沸かしていた。

お仲は、切れ長な目がみょうに色っぽい、細面《ほそおもて》の美形で、いわゆる柳腰のいい女だった。年の頃は二十四、五。ふつうなら、所帯を持って子供がいてもおかしくない年頃だが、お仲は独り身だった。

独り身でいるのは、お仲の過去にかかわりがある。

十代半ばのお仲は、腕のいい女掏摸《すり》だった。お仲の父も掏摸で、お仲の幼い頃、武士の銭入れを掏り損なって無礼打ちにあい死んだ。お仲は父の兄貴分だった早手の辰造《たつぞう》に引き取られ、掏摸の技を仕込まれた。

仕掛けてし損じなし、といわれた辰造は、江戸で三本の指の入る掏摸の親分になり、さらにひょんなことから意気投合した南町奉行所の同心谷川安兵衛《たにがわやすべえ》に見込まれ、八年前から十手《じって》を預かることになった。

どうしても掏摸の稼業に馴染めずにいたお仲は、行きつけの髪結床の主人に頼み込み、弟子入りした。形こそ違え、お仲は辰造同様、髪結いと女掏摸という二足の草鞋《わらじ》を履くことになったのである。

髪結い床で三年修行したお仲は、髪結いの腕前と、客あしらいのうまさがあいまって、芸人や芸者、踊りの師匠といった玄人《くろうと》筋に気に入られ、乞われて廻り髪結いとして独り立ちすることになった。

髪結い床で働き始めてから、お仲は何度も、

「足を洗いたい」

と辰造に頼んだが、抜けさせてもらえなかった。

が、二年前、廻り髪結いとして独り立ちするにあたってお仲は、どんなことがあっても掏摸稼業から足を洗うと覚悟を決めた。

そんなお仲が、相談する相手として頼ったのが半九郎だった。

父親を不慮の死で亡くして、何もかもひとりでやらなければいけなくなった半九郎の、戸惑いながらも日々暮らしている様子を気の毒におもったのか、お仲は菜を

余分につくり、三日にあけず届けてやったり、掃除をてつだったり、いろいろと世話を焼いた。

すべて半九郎に惚れていたからやったことであった。が、女掏摸である身を恥じていたお仲は、半九郎に、あからさまに惚れている素振りをみせることはなかった。いつも気さくに接してくれるお仲に、半九郎はしっかり者の妹といるような気持ちになっていた。

そんなお仲から、突然、

「実は女掏摸だ」

と打ち明けられたときの驚きを、半九郎は昨日のことのように覚えている。

「どうしても足を洗いたい。仲間の仕置きにあって殺されてもいい。その覚悟はできている。相談にのってほしい」

と頼んできたお仲の必死な面差《おもざ》しが、いまでも半九郎の瞼《まぶた》の裏に焼き付いていた。

洗いざらい話してくれたお仲の望みを果たすべく、半九郎は一計を案じた。

その策とは、半九郎がお仲と所帯を持つので、お仲を掏摸の稼業から足を洗わせる、というものだった。

お仲と一緒に早手の辰造のところに乗り込んだ半九郎は、のらりくらりと話をは

ぐらかす辰造に、最後は、
「刀にかけてもお仲の足を洗わせる」
と強談判《こわだんぱん》し、辰造に承知をさせたのだった。
そのとき、半九郎は辰造に、
〈足を洗うことを許す。今後は一切、お仲には手を出さない〉
旨《むね》を記した誓文を書かせている。

茶をいれているお仲を見ながら、半九郎は胸中でそうつぶやいていた。

〈不思議な女だ〉

これまでどんな苦労を重ねて生き抜いてきたのだろうか、半九郎には想像もできない。お仲は、それまでの苦労を感じさせない、明るさを持ち合わせていた。

湯飲み茶碗ふたつと急須を載せた角盆を二人の間に置いたお仲が、湯飲みに茶を注ぎながら、話しかけた。

「いつもながらの調べごとかい。今度は何を調べるんだい」

廻り髪結いは、髷《まげ》を結いながら世間話をするのが常であった。半九郎は、これまで何度もお仲に噂話などを聞き込んでもらっていた。

「下谷長者町に大倉屋という売掛屋がある。その大倉屋の女房、お葉のことを聞き込んできてもらいたいんだ」

「いいよ。大倉屋のお葉さんだね。大倉屋、聞いたことがある店の名だね」

首をかしげたお仲が、おもいだしたのか、はっとして、ことばを重ねた。

「大倉屋といえば、長吉さんが奉公している店じゃないのかい」

訊いてきたお仲に半九郎が応えた。

「そうだ。実は、その長吉のことなんだが」

大倉屋の主人殺しの下手人として、長吉が火盗改に捕らえられていること、火盗改の手先に何度も押しかけられて困り果てたお杉母子に頼まれて、相談にのっていること、運良く大倉屋に出入りできて焼香してきたことなどを、半九郎がお仲に話して聞かせた。

聞き終えてお仲が半九郎に目を向けた。

「あたしからも頼みたいことがあるんだよ」

「おれができることなら、何でもやるよ」

「辰造親分のことなんだけどさ。町で行き会うたびに『秋月の旦那と、いつ所帯を持つんだ』としつこく訊かれるのさ。うまくいいわけしてもらえないかね」

「わかった。数日中に辰造のところへ行って話してくる」

「頼りにしてるよ。ところで、夕飯は食べたのかい」

「まだだ」

「食べていきなよ。もっとも、菜は一人分しかつくってないからふたりで分けることになるけどさ」

「かまわぬ。おれは塩をまぶした握り飯でもいいくらいだ」

「沢庵《たくあん》でも切ってくるよ」

微笑んでお仲が立ち上がった。

お仲が沢庵を切る音が響いてくる。

（ここにいると、みょうにのんびりする）

張り詰めた気持ちが緩むような気がして、半九郎は大きく息を吐き出した。

吐き出した分を、とりもどすかのように息を吸い込む。

（いつ果てるかわからぬ草同心の任に就《つ》いている身、深いかかわりを持てば、相手に迷惑をかけるだけだ）

半九郎は、お仲の半九郎に寄せる恋心に気づいていた。半九郎もまた、お仲に少なからず好意を抱いている。

が、ともすれば湧き上がるそのおもいを、半九郎は懸命に抑え込んだ。

素っ気ない様子を装って、半九郎はお仲が夕飯を運んでくるのを待っている。

五

住まいにもどって表戸を開けた半九郎の目に、土間からつづく板敷の上がり端に置いてある結び文が映った。

歩み寄って、手にとる。

家のなかは暗かった。

外へ出た半九郎は、結び目を解いて文を開いた。

月明かりを頼りに読みすすむ。

南天堂からの文だった。

〈今日もお杉さんたちのところに火盗改の手先のふたりがやってきた。長吉の取り調べが始まった。日がたつにつれ、調べは厳しくなる。おれたちなら調べに手心をくわえることができる。魚心あれば水心。わかるな、この意味が、といって帰っていったそうだ。お杉さんたちは怯《おび》えきっている。話を聞いてやってくれ　南天堂〉と書いてある。

結び文を二つ折りにして懐《ふところ》に押し込んだ半九郎は、お杉たちの住まいへ向かって歩き出した。

座敷で半九郎は、お杉とお千代から話を聞いている。

ふたりは、何度も同じことを訴えてきた。

そのことから、半九郎も南天堂の結び文にあったように、

（しつこくやってくる岩松と竹八に、お杉さんとお千代ちゃんは、追い詰められている。怯える気持ちを抑えきれなくなったら、おもいもかけぬ捨て鉢なことをやりかねない）

半九郎は、そうおもい始めていた。

ふたりは、岩松がいった、

「そろそろ取り調べが厳しくなる。責《せ》め殺されるかもしれねえ。いままでの取り調べで長吉は『おれは殺していない。かっとなって、旦那さまを突き飛ばしたことは

認める。柱に頭の後ろをぶつけて、気を失ったのはたしかだ。が、そのとき、おれは旦那さまの鼻に手をあてて、息があるかどうかたしかめた。息はあった。逃げたのは、工藤さんからいわれて気分を鎮《しず》めるためにやったことだ』といいつづけている。そのことが小柳さまの心証を害している。信用できないと仰有《おっしゃ》っている」

ということばに困惑しているようだった。

「火盗改のお役人さまは、長吉の言い分に耳を貸さずに、言い逃れをするな、白状しろ、と長吉を拷問にかけるに違いない」

異口同音に、お杉とお千代はいいつづけた。

さらに、お杉は、お千代を上から下までなめ回すように見つめる岩松の、

「魚心あれば水心」

という一言と、そんな岩松を薄ら笑いを浮かべてうかがう竹八のことを気にかけていた。

「火盗改の息がかかっているとはいえ、ごろつき同然の岩松たちに何をされるかわからない」

お杉とお千代は、口をそろえて、何度もいってきた。

「おれにできることは、何でもやってみる。岩松たちの動きは急には止まらぬだろ

うが、辛抱してくれ」

そういうしか半九郎には、手立てがなかった。

不安そうな面持ちで顔を見合わせるふたりを気にしながら、半九郎はお杉たちの住まいを後にした。

どうすれば岩松たちが顔を出さなくなるか、半九郎は考えつづけた。

家にもどり、夜具に入ってからも思案しつづけた。

眠くはなかった。

町奉行所の同心だったら、即座にとることができる手立てが幾つかあるはずだった。

が、同心とは名ばかりの、野に放たれて潜む、浪人としか見えぬ草同心には、表立って取り得る手立ては何一つなかった。

長吉が無実であるという確信を、半九郎はまだ持てなかった。事件の見極めがつくまで吉野を動かすわけにはいかない。状況が明確に見えるまで単独で動く。それが草同心に課せられた心得のひとつであった。

(当たって砕けろ、だ。結果はどうであれ、常に捨て身の戦法でぶちあたる。草同心には、それしか探索の手立てはない)

それが、半九郎が達した思案のくくりだった。

ほどなくして、半九郎は安らかな寝息をたてていた。

六

岩松たちがお千代母子のところにやってこないようにするには、火盗改同心の小柳と談判するしかない、と考えた半九郎は、明六つ（午前六時）前に蛇骨長屋を出て火盗改の役宅へ向かった。

隠密の務めである草同心には、ただひたすら狙う相手につきまとい、揺さぶりをかけつづけて尻尾を出すまでくらいつくという手段しかない。臑《すね》に傷持つ者は、密事の尻尾でもつかまれているのではないかと疑心暗鬼になって、必ず半九郎に何事か仕掛けてくる。これまでの探索の積み重ねが、半九郎にそう告げていた。

岩松たちの次に、仕掛ける相手は大倉屋の工藤喜平次だと、半九郎は決めている。

昨日、大倉屋に焼香に行ったときに半九郎にたいして工藤がみせた、尋常ならぬ警戒ぶりが気になっていた。

歩を運びながらも半九郎は、推測どおり大倉屋殺しが濡《ぬ》れ衣《ぎぬ》だとしたら、どうやって長吉の無実を晴らすか、その段取りだけを考えつづけていた。

火盗改は、火付盗賊改役山川安左衛門《やまかわやすざえもん》の本所《ほんじょ》の屋敷を役宅として使っていた。安川は御先手《おさきて》組頭に任じられており、火付盗賊改役は加役であった。

火盗改の役宅の表門は閉じられていた。人の出入りは、両開きの門扉の傍らに設けられた潜り口を使っているのだろう。

門脇にある物見窓に歩み寄った半九郎は、詰めている小者に、

「蛇骨長屋に住む浪人、秋月半九郎と申す。所用があってまかりこした。窓を開けさせてもらう」

声をかけ、半九郎が窓をあけようと手をのばしたとき、なかから窓があけられ、小者が顔をのぞかせた。

「所用とは」

「同心の小柳さんにお会いしたい。主人殺しで捕らえられた長吉について話がある。長吉は評判の親孝行、濡れ衣を着せられているおそれがある。取り次いでもらいたい」

小者が困惑をあらわにした。

「長吉とやらが無実という証《あかし》があるとでも」

「そのことについて、小柳さんと話したいのだ」

一瞬、小者が首を傾げた。

どうすべきか迷っている様子だった。

返答を待って、半九郎が小者を見つめる。

見つめ返して小者が応じた。

「会われるかどうか小柳さまに訊いてきましょう。暫時《ざんじ》、お待ちください」

窓が閉められた。

物見窓の前に立って待っている半九郎を、潜り口から出てくる羽織袴姿の武士が、怪訝《けげん》そうな目つきで見やって、通り過ぎていく。

人を見たら盗人《ぬすっと》とおもえ、とでも教え込まれているのだろう。端《はな》から疑っている目つきだった。

同じ目つきをした武士が三人ほど、潜り口から出てきて、いずこかへ立ち去っていった後、物見窓の窓が開いた。

厳しい顔つきで小者が告げた。

「小柳さまは、会う必要がない、と仰有っておりました」

物見窓をしめようとした小者に、半九郎が声をかけた。

「小柳さんは、無実の者を処断したら、どのような咎《とが》めを受けるか承知の上でいわれているのか」

小者が動きを止めた。

「それは」

いいよどんだ小者に半九郎が訊いた。

「小柳さんの覚悟のほどを問いたい。訊いてきてもらえぬか」

迷惑だといわんばかりの表情を浮かべて、小者が応えた。

「お引き取りください」

ことばが終わらぬ前に、窓が閉められた。

苦笑いして、半九郎が物見窓から離れた。

門の脇で足を止めた半九郎は、潜り口を見つめた。

同心とおぼしき武士が潜り口から出てくる。

歩を運ぶ同心に半九郎が小走りで近寄った。

「火盗改の方、大事な話がある。足を止めてくだされ」

声をかけるが、振り向きもせず武士が立ち去っていく。呼びかけた声が聞こえているのは明らかだった。

追いかけるのを止め、

「空振りか。次を待とう」

踵を返した半九郎が、再びもといたところにもどった。

同心風の武士が潜り口から出てくる。

歩み寄った半九郎が声をかける。

振り向こうともせず、武士が立ち去っていく。

同じことが五度、繰り返された。

半九郎が、もといた場所にもどったとき、六人めの武士が出てきた。

今度は大刀の鯉口《こいぐち》を切りながら駆け寄って、半九郎が声をかけた。

「火盗改の方、大事な話がある」

刀の鯉口を切って走ってきた足音が気になったか、武士が立ち止まって振り向いた。中背でがっちりした体軀《たいく》、目つきの鋭い武士だった。

刀の柄《つか》に手をかけている。

俊敏な動きだった。

かなりの剣の使い手。半九郎は、瞬時にそう判じていた。

いつでも抜刀できるように身構えて、武士が訊いてきた。

「刀の鯉口を切られたか」

大刀を鞘《さや》に押し込んで、半九郎が応じた。

「許されい。弾みで鯉口を切ってしまった。無実の者が処断されかかっている。私と同じ長屋の住人で、実に親孝行な男なのだ」

柄から手を離して、武士がいった。

「ご用の筋で出かけるところだ。話は聞く。手短にすませてくれ」

「私は浅草蛇骨長屋の住人、秋月半九郎と申す者。話は同心小柳さんに主人殺しの科《とが》で捕まった長吉という者にかかわることだ」

半九郎は、長吉は長屋に住む誰もが認める親孝行で生真面目な男であること、小柳の手先の岩松と竹八という者が連日、長吉の母と美形の妹の住まいに押しかけ、「長吉の調べに手心をくわえてやる。魚心あれば水心だ。わかるな」と意味ありげなことばをいいつづけていること、岩松たちが小柳さんの指図でやっていることなら、小柳に「魚心あれば水心」の意味を教えてもらいたい、ということなどを武士に話してきかせた。

口をはさむことなく聞き入っていた武士が、半九郎を見ていった。

「あまり手短でもなかったが、まあ、よかろう。いまの話、小柳につたえておく」

行きかけた武士に半九郎が声をかけた。

「ご尊名をうけたまわりたく」

武士が振り返った。

「おれの名は大石兵太郎《おおいしへいたろう》。火盗改の同心だ」

いうなり、大石が半九郎に背中を向けた。

振り向く気配もみせずに立ち去っていく大石を、半九郎が凝然と見つめている。

七

おそらく大石は、小柳に半九郎のことばをつたえてくれるだろう。そう推断した半九郎は、早手の辰造のところへ向かうことにした。

掏摸の稼業から足を洗うために、ふたりで相談の上、打った一芝居だった。が、おもっていた以上に辰造はしつこい男だった。

一年前のことだった。

「秋月さんと所帯を持つといったから足を洗わせたんだ。所帯を持たないいんだったら掏摸の仲間にもどってこい」

と辰造にいわれた、とお仲がいってきた。

その話を聞いたとき、

「誓文まで書いた癖《くせ》に何をいってやがる」

といきり立ったものの、半九郎には、辰造を騙《だま》して誓文を書かせたという弱みがある。お仲と話し合って、半九郎が所帯をもてないわけを辰造のところにいいにいったことがあった。

「所帯を持ちたくても持てないのだ。おれの稼ぎでお仲を食わせることができるまで待ってもらうことにした。お仲も承知している」

といいわけをして、そのときはおさまったが、それ以来、辰造はちょくちょく、

「金になる話がある」

といって、子分を使いによこし、半九郎を呼び出すようになった。

そのことを半九郎から聞いたお仲は、

「辰造親分は半さんのことを好きなんだよ。あたしと町で出くわすたびに、半九郎さんを離しちゃ駄目だぞ。得体の知れないところがあるが、あいつは外連味《けれんみ》のない、いい男だ。おれの用心棒になってもらって、いつもそばに置いておきたい。そうお

もうときもあるくらいだ、といつもいっている。けど、用心しておくれ。十手持ちだといっても、しょせん掏摸の元締。油断のならないお人だからね」

と心配そうにいったものだった。

辰造の住まいは、上野《うえの》の黒門町《くろもんちょう》にあった。

突然やってきた半九郎を、満面を笑み崩して辰造が奥の間に招じ入れた。

十手をかざった神棚の前に座った辰造が向かい合う半九郎に、にやり、として話しかけてきた。

「五日前に見廻りの途中、ばったりお仲に出くわしてな。いつ半九郎さんと所帯を持つんだ、と訊いたんだ。そのことできたんだろう」

「さすが辰造親分、読みが深い。実は」

いいかけた半九郎を手で制して、辰造がことばを引き継いだ。

「おれの稼ぎが足りなくて、まだお仲を食わせることができない。所帯を持つには、もう少し時がかかりそうだ、というんだろう」

「そのとおりだ。我ながら情けない」

応えた半九郎に、辰造がいった。

「お仲は腕のいい廻り髪結いだ。いい筋のお得意さんがたくさんいる。半九郎さんさえ髪結いの亭主になる覚悟を決めれば、どうとでもなる話じゃないのかい」

一年前までは秋月さんといっていた辰造が、半年ほど前から半九郎さんと呼ぶようになっている。それだけ親しくなったのだろう。

半九郎が草同心であることを知らない辰造は、掏摸仲間の秘密ごとや出入りしている大店《おおだな》の内輪のもめ事まで半九郎に話してくれるようになっていた。そんな表沙《おもてざ》汰《た》にはなっていない話を聞き込みたくて、半九郎も月に一度は辰造のところに顔を出している。

「お仲はもう行き遅れの年齢《とし》だ。そろそろ髪結いの亭主になる覚悟を決めたらどうだね」

いつもと違って生真面目な顔で辰造がいった。

「それができぬのだ。女房だけは、自分の力で養いたい。性分というやつだ。それに髪結いの亭主になったら、とことん、ぐうたらになる気がする」

「つまらぬ見栄かもしれませんぜ。あっしだったら、すぐ髪結いの亭主になっちまう。あっしがみるところ、お仲は半九郎さんに惚れている。お仲は、町を歩けば男たちが振り向くほどの美形ですぜ。それに、あっしの弟分の娘だ。手元において、あっしの後を継ぐ男と一緒にしてやりてえ、とおもっていたんだ。そこへ半九郎さんを連れてきた。ほっときすぎですぜ。かわいそうだとおもわないんですかい」

「そういわれると実に困る。浪人とはいえ武士の端くれ。男の矜持《きょうじ》というやつが邪魔をしている」

身を乗り出して、辰造がいった。

「金がないのなら、あっしが金儲けの口を紹介すると何度もいっているじゃありませんか。そうだ。あっしの捕物を手伝えばいい。袖の下は山分けということでどうでしょう」

辰造が胸の前で両手を開いてみせた。五分五分という意味をこめた所作なのだろう。

「これでも剣術の道場の代稽古をやっている。捕物を手伝うとなると、二六時中動かねばならぬだろう。おれは代稽古をやめたくないのだ」

呆れた顔つきになって辰造がいった。

「ああいえばこういうだ。半九郎さんには負けるよ」

苦笑いした辰造に半九郎が真顔になって告げた。

「実は、ひとつ頼みたいことがあるのだ」

「何です、頼みたいことって」

「いま蛇骨長屋の住人から相談を受けていることがあるんだ」

「どんな話で」

「売掛屋の大倉屋に、売掛金を買ってもらっていいかどうか迷っている大工がいてな。辰造親分に、ぜひ大倉屋のことを調べてもらいたいんだ」

「大倉屋というと、下谷長者町にある、あの大倉屋ですか」

さすがに掏摸として長年、町々を歩き回ってきた男だった、辰造はすでに大倉屋のことを知っていた。

「胡散臭《うさんくさ》い稼業をやり始めた奴がいるな、と気になっていたんだ。調べよう。手柄につながるネタになるかもしれねえ」

分厚くて大きな唇を歪《ゆが》めて、辰造が意味ありげな薄ら笑いを浮かべた。

(辰造は、大倉屋は袖の下をせしめる、いい儲け口になるとふんでいるのだろう)

ほくそ笑んだ辰造を見ながら、半九郎は胸中でそうつぶやいていた。

第三章　大海の一滴

一

蛇骨長屋にもどった半九郎は、住まいの前に立っている南天堂に気がついた。
南天堂はお千代の家のほうを見やっている。
その、いかにも心配そうな様子に、
(岩松と竹八がきているのだ)
瞬時に半九郎は判断していた。
近寄ってきた半九郎の足音に、南天堂が振り返った。
駆け寄ってきて南天堂が半九郎に話しかけてきた。

「大変だ、半さん。いま」

いいかけたことばを半九郎が引き継いだ。

「岩松と竹八がきているのだな」

「小半刻ほど前だ。すぐお千代ちゃんのところにいってくれ」

「そうだな」

応じて、半九郎が黙り込んだ。

「どうした、半さん。まさか、おじけづいたんじゃあるまいな。もっとも、相手は火盗改、その気持、わからんでもないが」

「そういうことではないのだ。いま、おもいついたんだが、南天堂、お千代ちゃんのところへ行って、おれが帰ってきた。家でどうしてもやらなければいけないことがあるので、終わり次第顔を出す。用はすぐ終わるといっている、とつたえてくれ」

「わかった」

歩きだそうとした南天堂の袖をつかんで、半九郎が声をかけた。

「待て。これは岩松か竹八の住まいを突き止めるための策だ。おれがくると聞いたら、奴ら、そそくさと引き上げるだろう。おれは露地木戸の近くに隠れて、奴らがくるのを待ち、跡をつける」

「それはいい手だ。岩松たちは、半さんにこっぴどくやられている。半さんが顔を出すと聞いたら、あわてて引き上げるはずだ。岩松たちの住まいがわかれば、いつでも押しかけることができるからな」

乗り気の南天堂に半九郎がいった。

「うまく一芝居打ってくれ」

「おれは、八卦見だ。さも当たっているように自信満々に振る舞うのが商いの手管。芝居には慣れている」

にやり、と南天堂がふてぶてしい笑いを浮かべた。

「行くよ」

弾《はず》むような足取りで南天堂が歩いていく。

その後ろ姿から露地木戸へと目を移した半九郎が、隠れる場所を見いだし、歩き出した。

南天堂がお千代たちの住まいに入ったのか、背後で戸を開け閉めする音が聞こえた。

半九郎は、露地木戸近くの、表長屋と裏長屋の境になっている通り抜けに面して建つ、裏長屋の外壁に身を寄せている。

ほどなくして、再び表戸が開けられ、荒々しく閉められる音が響いて、複数の足音が入り乱れた。

足音が近寄ってきて、露地木戸へ向かって行く岩松と竹八が、半九郎の目の前を通り過ぎていく。

ふたりが半九郎に気づくことはなかった。

気づかれぬほどの隔たりをとれるほどの間を計って、半九郎は通り抜けから出た。

露地木戸をくぐり抜けた岩松たちの跡をつけるべく、半九郎は一歩足を踏み出した。

二

つけながら半九郎は首を傾げた。

岩松と竹八が歩いて行く道の様子は、半九郎が昨日歩を運びながら見た景色と同じものだった。

（このままますすむと下谷長者町へ行き着く。まさか大倉屋へ向かっているのでは）

ふと湧いたおもいを、半九郎は強く打ち消していた。

ふたりは、つけてくる半九郎には気づいていないようだった。

時折顔を見合わせ、笑いあいながら歩いていく。

これから向かう先には、何やら楽しいことが待っているのだろう。

(さんざん人をいたぶって、迷惑をばらまいている奴らが、よくもまあ、あんなに屈託のない顔をして、笑っていられるな)

半ば呆れながら、半九郎はつけつづけた。


我が目を疑って、半九郎はその場に立ち尽くした。

ふたりが行き着いた先は、予想だにしなかったところだった。

しかし、すべて現実だった。

目をこすって半九郎は、いま一度、岩松と竹八が入っていった建屋を見据えた。

木戸門に大倉屋と書かれた、申し訳ていどの看板が出ている。

よく考えてみれば、大倉屋の奉公人と火盗改の手先のふたりに、つながりがあるのは当然のことかもしれない。

大倉屋の主人殺しの下手人として、大倉屋の番頭格の長吉が火盗改に捕まり、役宅の牢に入れられ、取り調べを受けている。

その長吉を火盗改に突き出したのは大倉屋にかかわっている誰かに違いないのだ。

そう推量しながら半九郎は、張り込む場所をもとめて、周りを見渡した。


入ってから小半刻（三十分）ほどして、岩松と竹八が大倉屋から出てきた。

通りをはさんで向かい側の、町家の通り抜けに身を潜《ひそ》めた半九郎の目が大きく見開かれた。

ふたりにつづいて出てきたのは工藤喜平次だった。

行く方向を示すように顎をしゃくった工藤が、先に立って歩きだした。

ほとんど肩を並べるようにして岩松と竹八がついていく。

通り抜けから出てきた半九郎が、尾行に気づかれぬほどの隔たりを置いて、歩みをすすめた。


三人はのんびりとした足取りで歩いていく。

つけつづける半九郎は、工藤に笑いかけたり、ぺこぺこしたりしている岩松と竹八の様子に、

（工藤と岩松たちの付き合いは、昨日今日のものではない。かなり長く深いような気がする。岩松たちは明らかに工藤にへつらっている。ふたりは工藤から袖の下をもらっているに違いない）

と、おもいはじめていた。

だとすれば、長吉と組み合って気を失った大倉屋を見て、息の根を止めるには絶好の折り、と殺した後、大倉屋殺しは長吉の仕業だと岩松と竹八に訴え出て、捕らえさせたのは工藤ということになるのではないか。半九郎はそう推測した。

が、次の瞬間、すべて憶測にすぎない、と否定していた。

大倉屋は工藤にとって、何者にも代えがたい金蔓《かねづる》であった。浪人のほとんどが貧困に喘《あえ》いでいることを半九郎は、あちこちで見聞きしている。

仕事の上の諍《いさか》いが取っ組み合いになったきっかけだと、半九郎はお杉たちから聞いている。

長吉に殺すつもりがなくとも、気を失ったまま蘇生することなく、大倉屋がそのまま息を引き取ったという場合もないとはいえないのだ。

（親思いの長吉でも、弾みで人を死なせてしまうこともある。殺していないということをどうやって証せばいいのか）

脳裏をよぎった事柄に、半九郎はおもわず首をひねった。よい思案どころか、答のひとつも浮かんでこなかった。

先を行く三人は、たびたび笑い声をあげたりしながら歩いていく。いかにも楽しげであった。

思案を重ねながらつけていく半九郎には、主人殺しの下手人にかかわりのある三人のようには、とてもおもえなかった。

三人は上野山下にある料理茶屋〈美坂《みさか》〉に入っていった。

客引きをしていた男衆のひとりが、工藤にぺこぺこと頭を下げながら、見世《みせ》のなかへ招き入れたところをみると、美坂は工藤の行きつけの見世なのだろう。客引きのやり手婆に押されるようにして、岩松と竹八が見世のなかへ消えた。

見届けた半九郎は、美坂を見張る場所を求めて、ぐるりに目を走らせた。

見世の建ちならぶ通りには、多くの女たちが出てきて、客引きをしている。張り込むには難しいところといえた。

〈どうしたものか〉

美坂に入っていく工藤たちを見届けた場所で足を止めたまま、半九郎は途方にくれている。

三

少し離れたところにある一膳飯屋の、店先に置かれた縁台に腰を掛けて、半九郎が美坂を見張っていた。

傍《かたわ》らには、銚子一本と肴《さかな》が盛られていたとおもわれる空き皿をのせた角盆が置かれている。半九郎は手にした杯を口に運び、ちびり、と酒を呑んだ。半九郎の目は美坂に向けられている。

工藤たちが美坂に入って、一刻（二時間）ほど過ぎ去っていた。

銚子を手に取り、手酌で杯に酒を注いでいた半九郎の手が止まった。

目を凝《こ》らす。

美坂から出てきた男は、岩松だった。

つづいて竹八、最後に工藤が姿を現した。

「蒸籠《せいろ》と沢庵一皿、銚子が一本、いくらだ」

銚子と杯を角盆にもどした半九郎が、懐《ふところ》から巾着《きんちゃく》をとりだしながら立ち上がった。

美坂の人の出入りの邪魔にならないように、三人が出入り口の脇に身を寄せている。

銭入れを手にした工藤が、あらかじめ用意していたのか、小さな紙包みをふたつつまみ出した。

紙包みを岩松と竹八にひとつずつ工藤が手渡す。

ふたりが満面を笑み崩し、拝むようにして紙包みを受け取った。

おそらく紙包みには銭が入っているのだろう。

そんなやりとりの一部始終を、半九郎は数軒ほど離れた居酒屋の軒先に下げられた提灯《ちょうちん》の後ろから見つめている。

（岩松と竹八は、またお千代ちゃんのところにやってくるだろう。住まいをつきとめるのは、そのときでいい。今夜は工藤をつけるべきだ）

半九郎は、そう判じていた。

三人のかかわりあいがどんなものか、美坂の表で繰り広げられた光景ではっきりした。おそらく岩松と竹八は、工藤から何年にも渡って袖の下をもらいつづけているに違いないのだ。

紙包みの受け渡しをすませた後、工藤と岩松たちは二手に分かれた。

まだ呑み足りないらしく岩松と竹八の姿は、遊びにきた男たちがそぞろ歩きしている雑踏のなかに紛れていった。

ふたりを見向こうともせず、工藤は歩き去っていく。

ほろ酔い気分なのか、工藤はゆったりとした足取りで歩いていく。

が、つけていく半九郎は、岩松たちと一緒に話しながら歩を移していた工藤を尾行しているときと違って、細心の注意を払っていた。

ゆったりと歩みをすすめる工藤の後ろ姿に隙《すき》がなかった。

（おそらく剣は皆伝《かいでん》の腕前。それも奥伝《おくでん》に近い遣《つか》い手）

つけながら、半九郎はそう見立てていた。

できるだけ足音を消すように心がけながら、半九郎は慎重に尾行をつづけていく。

工藤が帰り着いたのは湯島《ゆしま》の一軒家だった。

黒い板塀に囲まれた、さながら分限者《ぶげんしゃ》の囲い女が住み暮らしているような、瀟洒《しょうしゃ》な造りの平屋であった。

近くの町家の陰から見つめている半九郎に、工藤が気づいた様子はなかった。

周りに警戒の目を走らせることもなく、工藤は表戸に手をかけて開けた。
工藤の姿がなかに吸い込まれる。
ほどなくして、行灯《あんどん》をつけたのか、家から明かりが洩れてきた。
表戸の前に身を移した半九郎が、なかの気配を窺《うかが》っている。
他に人のいる気配は感じられなかった。
家のまわりを忍び足で一歩きする。
明かりが点《とも》っているところは一カ所だけだった。
半九郎は家の近くで見張っている。
やがて明かりが消え、漆黒の闇が建屋におとずれた。
（工藤は眠ったようだ。もう出かけることはあるまい。引き上げるか）
胸中でつぶやいた半九郎は、工藤の住まいに背中を向けた。

四

蛇骨長屋に半九郎が帰ったのは、真夜中九つ（午前零時）過ぎだった。
なるべく音を立てないように、住まいの表戸を開けた途端、半九郎は驚愕に目を見張った。

板敷から座敷に上がったところに、盛り上がった黒い塊《かたまり》があった。

(人の骸《むくろ》?)

一瞬身構えた半九郎だったが、

(骸なら血の臭いがする。何を焦《あせ》っているのだ。未熟極まる)

半九郎は、大倉屋殺しにかかわる者たちの、さまざまな動きに神経を尖《とが》らせている自分に気づいて、無意識のうちに苦笑いを浮かべていた。

忍び足で黒い塊に近づく。

塊は、安らかな寝息をたてていた。

その手に白いものを握りしめている。

そばに寄った半九郎が塊を覗き込んだ。

塊は、躰《からだ》を丸めて眠っている留助だった。

大工道具をいれた箱が見当たらないところを見ると、留助は一度自分の家に帰った後、やってきたのだろう。

「留助さん、起きてくれ、留助さん」

呼びかけながら、半九郎は留助の肩に手をかけ、数回揺さぶった。

呻《うめ》いて留助が目を醒《さ》ます。

「う、ここはどこだ」

寝ぼけた声を上げた留助に、半九郎が話しかけた。

「どうしたんだ、留助さん。家を間違えたのかい」

目を半九郎に向けて、留助が応じた。

「秋月さん、遅いじゃねえか。待ちくたびれて寝ちまったよ」

「高値の日傭の仕事にありついてな。知り合いから頼まれて、用心棒がわりに付き添って歩き回っていたんだ」

嘘も方便の、口からでまかせの半九郎のことばだった。

半身を起こした留助が眠気がさめないのか、首をゆっくりと回した。

顔を半九郎に向けて、留助が口を開いた。

「棟梁から、昨日の日傭賃を預かってきたんだ。これ」

と手に握りしめていた紙包みを差し出した。

「半日しか働いていない。もらえないとおもっていたよ。ありがたいことだ」

受け取って、懐に入れながら半九郎が応えた。

「大倉屋につきあってもらった。十分すぎるほど働いてもらった。おかげで前と同じ手間賃で売掛金を買い取ってもらえるようになったと、棟梁がいっていたぜ」

「棟梁によろしくいっといてくれ」

「棟梁から、秋月さんへつたえてくれ、といわれていることがあるんだ。明日、普請場に顔を出してくれ、とさ」

「明日？　そりゃ、また急な話だな」

怪訝《けげん》そうな表情を浮かべた半九郎に、留助がいった。

「実は、今日大倉屋から使いがきてな。棟梁が呼び出されたんだ」

予想だにしていなかった動きだった。はやる気持ちを抑えて、半九郎は問いかけた。

「大倉屋は棟梁に、何の話をしたんだ。売掛金の買い取りを早めようとでもいうのか」

「その話も出たそうだ。が、どういうわけか、大倉屋の相談役の工藤さんというご浪人が、根掘り葉掘り、しつこく秋月さんのことを訊いてきた。それが、みょうに気になったんで、秋月さんとぜひ話をしたい、というのが棟梁の言伝《ことづて》だ」

「そうか、明日ね。明日は」

いいかけて半九郎が黙り込んだ。

明日は朝早く、火盗改の役宅に出かけると決めていた。

岩松と竹八が、お杉とお千代のところにやってこないようにするには、ふたりを使っている火盗改同心、小柳伸蔵と直談判するしかない。それもできるだけ早くやらなければ、お千代母子の不安と動揺が大きくなって精神的にまいってしまう、と半九郎は考えていた。

その予定を変えるわけにはいかない。

「どうした。明日は都合が悪いのかい」

訊いてきた留助に半九郎が応じた。

「ちと野暮用があってな。昼七つ過ぎでないと普請場に行けないのだ。そう棟梁につたえといてくれないか」

「先約があるんじゃ仕方がないな。棟梁にそういっておくよ」

眠い目をこすりながら、留助が立ち上がった。

表戸の前に立って留助を見送りながら、

（岩松たちと連れだって料理茶屋へ出かけて、袖の下を渡したり、棟梁を呼び出しておれのことを聞き出そうとしたり、工藤の動きには、きな臭いものを感じる。火盗改だけでなく工藤にも、とことんつきまとってみるか）

向後の探索の手立てについて、半九郎は、さらに思案を深めていった。

五

翌日明六つ（午前六時）過ぎ、半九郎は火盗改役宅の表門の潜り口の前にいた。人の出入りの邪魔にならぬように、半九郎は物見窓が通りに面したあたりに、堂々と姿をさらして立っている。

潜り口から出てきた火盗改の同心が、半九郎に気づいて、訝《いぶか》しげな視線を向けた。警戒しながら、歩き去っていく。

半刻（一時間）ほど過ぎた頃、物見窓が細めに開けられた。

窓の隙間から何者かが、半九郎を見つめている。おそらく物見所に詰めている門番がわりの小者だろう。

視線に気づいたが、半九郎はあえて素知らぬふりをした。

その後は、ひとりも潜り口から出てこなかった。

さらに半刻ほど過ぎた。

潜り口の扉が開き、小者がひとり現れた。

昨日、応対してくれた小者とは違う男だった。

歩み寄ってきた小者が半九郎に声をかけてきた。

「ご浪人、ここが火盗改の役宅と知って、立ちん坊しておられるのですか」

「知っている。約束したわけではないので、知り人が出てくるまで、ここで待っているのだ」

「知り人とはどなたのことで」

訊いてきた小者に、半九郎が応じた。

「同心の大石兵太郎さんだ」

「あなたさまのお名をお訊きしたいのですが」

「蛇骨長屋の住人、浪人、秋月半九郎だ」

じっと半九郎を見つめて、小者が念を押した。

「秋月半九郎さまでございますね」

「そうだ」

「お会いになるかどうか、大石さまに訊いてきましょう」

「手間をかける」

曖昧《あいまい》な笑みを返して、小者が潜り口の扉を開けて、なかへ消えた。

ほどなくして大石が潜り口から出てきた。

迷惑この上ない。大石がそうおもっているのは明らかだった。

苦虫を嚙みつぶしたような顔つきをしている。

歩み寄ってきた大石が、声をかけてきた。

「おれは忙しい。何の用だ」

目を大石に向けたまま、半九郎が問うた。

「火盗改の同心が、無実の者を捕らえて拷問《ごうもん》にかけ、無理強いして自白させ死罪に処したら、どういうことになるか、知っているか」

見つめ返して、大石が応じた。

「おぬし、この間も、そのようなことをいっていたが、捕らえられた男が無実だという証があるのか」

「証はない。無実だとおもわれるふしがあるのだ」

呆れかえった大石が、半九郎を覗き込むようにして告げた。

「思い込みで話されては迷惑だ。これ以上、つきあえぬ」

踵《きびす》を返そうとした大石に半九郎が食い下がった。

「待て。無実の者を処刑したとわかったら、よくて切腹、悪ければ首を斬られるのではないのか」

動きを止めて大石が応えた。

「しつこい奴だな。そのことば、おれにいわずに小柳にいえ」

「なら、小柳さんに会わせてくれ」

「小柳に会わせろだと」

いまにもぶつからんばかりに躰を寄せて、半九郎が迫った。

「そうだ。大石さん、いまいったことばを忘れたのか、おれにいわずに小柳にいえといったではないか。望むところだ。小柳さんにいってやる。が、小柳さんと顔を会わせないかぎり、ことばをかけることはできない。小柳さんにいえ、ということは小柳さんに会わせるという意味を含んだことばだ」

呆気にとられて大石が応じた。

「減らず口をたたきおって。屁理屈以外の何物でもない」

「武士に二言はない、という。おれは、大石さんを真の武士だと見込んでいる」

「ああいえばこういうだ。おぬしは、面倒極まる」

うむ、と呻いて、大石が首をひねった。

何か考えついたのか、にやりとして、大石が半九郎に顔を向けた。

「小柳に会わせてやる」

身を乗り出して半九郎が声を上げた。

「本当か」

「ああ。会わせてやるとも。ただし」

「ただし、何だ」

鸚鵡《おうむ》返しをした半九郎に、大石が告げた。

「おれと木刀で勝負しろ。いっておくが、おれは一刀流皆伝の腕前だ」

目を輝かせて半九郎が訊いた。

「おれが勝てば、小柳さんに引き合わせてくれるのだな」

「そうだ。武士に二言はない」

「いますぐ勝負所望だ」

「奥庭で戦おう。木刀は、おれが用意する」

「承知」

「ついてこい」

歩き出した大石に半九郎がつづいた。

六

奥庭で木刀を手にした半九郎と大石が、たがいに青眼《せいがん》に構えて対峙《たいじ》していた。

木刀を八双《はっそう》に構えなおした大石が打ち込もうとして踏みとどまり、再び青眼にもどした。

対する半九郎は、じっと大石を見つめたまま微動だにしない。

そんなことが、十数度繰り返されている。

勝負を始めてから、すでに小半刻（三十分）の半ばほど過ぎ去っていた。

それまで動かなかった半九郎が、下段に直すべく、ゆっくりと木刀を下げていった。

刹那《せつな》……。

隙あり、と判じたか、大石が右上段に木刀を移して、打ちかかった。

上から叩きつけた大石の木刀と、下段から振り上げた半九郎の木刀が激しくぶつかり合う。

次の瞬間、木刀の一本が、空高く跳ね上がった。

激痛に顔をしかめた大石が、しびれているのか手をだらりと垂らしたまま、半九郎に声をかけた。

「おぬし、強いな。太刀の速さが半端じゃない。手がしびれた」

「閑《ひま》をみつけては、通りすがりの寺社の境内に入り込んで、真剣で素振りをやっている」

地面に落ちた木刀を拾いながら大石がつぶやいた。

「おれもやってみるかな、真剣の素振りを。通りすがりの寺社の境内か。鍛錬には、もってこいの場所かもしれぬな」

笑みをたたえた半九郎が、木刀を差し出しながらいった。

「小柳さんに会わせてくれるな」

木刀を受け取りながら、大石が応じた。

「約束は違《たが》えぬ。それより訊きたいことがある」

「何だ」

「なぜ、長吉に肩入れするのだ。尋常ではない」

「長吉には年老いた母と十七になったばかりの妹がいる。ふたりは呉服問屋から仕立ての仕事を請け負って日々のたつきを得ている。暮らしぶりも地味で、実直そのものだ。長吉が罪に問われたら、母子は長屋を追われるだろう。仕事も失うはずだ。とどのつまり、母子は日々の暮らしもままならず、路頭に迷うか、妹は岩松のような男に弄《もてあそ》ばれて春をひさぐか、いずれにしてもいい結果は生まぬ」

「よくある話だ。そうおもわぬか」

気楽な口調で大石が応じた。

じっと大石を見つめて、半九郎が告げた。半九郎の眼差しに、厳しいものがあった。

「咎人《とがにん》の家族が冷たく扱われるのは、世の常だ。おれは、無実だと信じる長吉を救いたい。その一念で動いているだけだ」

「考えてみれば、武士も町人と変わらぬ。落ち度があったら、咎められる。一度咎められたら、終わりだ。どんなに頑張っても、何代にも渡って役につくことがかなわぬ」

さっきとはうって変わった、神妙な大石の物言いだった。

顔を半九郎に向けて大石が訊いた。

「しかし、おぬし、長吉が無実だという証をつかんでいるのか」

「長吉の母と妹は正直を絵で描いたような母子だ。長吉もまた、病弱な母の薬代を稼ぐために、自分から望んでなった大工の仕事をやめ、給金のいい売掛屋に奉公した。いまの稼業が向いていないのか、長吉が近くの居酒屋で愚痴《ぐち》をこぼしながら酒を呑んでいるのを見かけた、おれが住んでいる長屋の住人もいる」

「それが、無実の証か」

「そうだ。おれは、親孝行の長吉の無実を信じている」

「それだけか」

あらためて大石が念を押した。

「それだけだ」

正面から、大石が半九郎を見据えた。

半九郎が見つめ返す。

しばしの沈黙が流れた。

うむ、と大石が顎を引いた。

自らを納得させるための大石の所作。そう半九郎は感じとっていた。

顔を半九郎に向けて、大石が告げた。

「ここで待っていてくれ。小柳を連れてくる」

「頼む」

無言でうなずいた大石が、半九郎に背中を向けた。

七

大石に連れられてやってきた小柳は、半九郎と同じ年頃で中肉中背、細くて吊《つ》り上がった目に鷲鼻《わしばな》、薄い唇が長い顔の真ん中に集まったような、剣呑《けんのん》な顔つきの男だった。

いつも顎を上げているような、上から目線のいかにも横柄な態度で、小柳が半九郎を見やっている。

「火盗改同心、小柳仲蔵だ。大石さんから聞いたが、おれの手先の岩松と竹八が大倉屋の主人殺しの下手人長吉の母と妹のところに押しかけて、何やら嫌がらせをしているという話だが、ふたりは探索のために出向いているのだ。嫌がらせではない。長吉の母と妹は、何か勘違いしているのではないか」

いきなり切り出した小柳に、大石が口をはさんだ。

「秋月さんは、まだ名乗ってもいない。相手の名を聞く余裕もないのか」

ちらり、と小柳に走らせた目を半九郎に移して、大石がことばを重ねた。

「秋月さん、名乗ってくれ」

無言でうなずいた半九郎が、小柳を見つめた。

「秋月半九郎、浅草蛇骨長屋に住む浪人だ」

「約束どおり小柳を引き合わせたぞ」

半九郎から小柳へと視線を移して、大石がことばを継いだ。

「あとはふたりでやってくれ」

いうなり踵を返した大石を、小柳が呼び止めた。

「それはないでしょう。大石さんが、いくら先輩だといっても、仲立ちされた以上、最後まで立ち会うべきではないですか」

「引き上げるといったら、どうする」

「私も引き上げますよ」

顔をしかめ、口をへの字に曲げて小柳が吐き捨てた。

「そうか。なら、仕方がない。とことん付き合おう」

渋い顔つきをして、大石がもといた場所にもどった。

「秋月さん、いいたいことがあれば、小柳より先にいえ」

小柳に視線を移して、大石が告げた。

「小柳、秋月さんのいい分を聞き終わるまで口をきいてはならぬ。わかったな」

「承知しました」

半九郎が、岩松と竹八が長吉を話の種にして連日、長吉の母や妹のところへ押しかけていること、岩松たちが美形の妹に、長吉の取り調べが厳しくならないように手心をくわえてやる。魚心あれば水心だ、わかるな、といっていること、昨夜、ふたりが大倉屋の相談役の浪人に連れられて料理茶屋に出かけたこと、岩松たちがその浪人から袖の下を受け取っていることなどを話した後、

「同じ長屋の住人として、これだけはいえる。日頃の長吉の暮らしぶりからみて、大倉屋殺しの下手人ではない。そのこと、自信をもっていえる」

と結んだ。

最後まで口をはさむことなく、話に耳を傾けていた小柳が、聞き終わった後、唇を歪《ゆが》めてせせら笑った。

「それはおぬしの見方だろう。おれは大倉屋殺しは長吉の仕業だとにらんでいる。いままで、岩松と竹八が、いつもの手厳しい拷問は最後の手段にしておきましょう。

大倉屋の女将《おかみ》さんと相談役の工藤さんというご浪人が、諍いの一部始終を見ている。これっきとした証人がいるんだ。いくら長吉が、主人を殺していないといっても、屁の突っ張りにもなりません、といいつづけたんで、手加減していたが、これからは厳しく取り調べる」

皮肉に薄ら笑って、小柳がことばを重ねた。

「秋月、おまえがきたことが、おれの気持ちを変えたのだ。そのことを肝に銘じておけ。今日から長吉を厳しく取り調べて白状させる。手始めに石でも抱かせるつもりだ」

含み笑う小柳に、半九郎も不敵な笑みで応じた。

「おれがいうとおり、長吉が無実だとわかったら、小柳さん、あんたは拷問をくわえつづけ、自白を強要したと、咎められるぞ。よくて切腹、悪ければ町人なみの扱いをうけて首を斬られる。そのこと、覚悟の上でいっているのだな」

「そうはならぬ。それに」

再びせせら笑って、小柳がことばを重ねた。

「誰が、長吉の無実を証すというのだ」

一歩迫って、半九郎が告げた。

「おれが長吉の疑惑を晴らしてみせる。長吉は無実だ」

睨みつけて、小柳が怒鳴った。

「やせ浪人の身で何ができる。大口を叩くな」

「手柄を焦って、無実の者を殺す気か」

「おれは火盗改の同心だ。手柄を焦るとは何たるいいぐさ。許さぬ」

激高した小柳が、大刀の柄を摑んだ。

あわてた大石が、小柳の手を押さえて声を上げた。

「やめろ、小柳。目録のおまえでは、こ奴に歯が立たぬ。秋月は、おれよりはるかに強い」

瞬間、怯《おび》えが小柳の面に走った。

「大石さんより強い。それじゃ皆伝でも上の部類の剣の腕前」

喘ぐようにつぶやいた小柳を挑発するように、半九郎が声をかけた。

「どうした。無実の者を処断して咎められ、切腹させられる覚悟ができているはずのあんたが、おれと斬り合うのは怖いか。おれはいつでも、あんたと果たし合いをやってやるぞ。いますぐでもいい。売られた喧嘩だ。いつでも買ってやる」

小柳の腕を押さえたまま、大石が声を高めた。

「やめてくれ。小柳は喧嘩を売ってはおらぬ。この場はおさめてくれ」

目を大石に走らせた半九郎が、小柳にもどして凄《すご》んだ。

「いいか、小柳、長吉に拷問をくわえたことがわかったら、いつでも果たし合いを申し込むぞ。町なかの人の往来の多いところで、剣の勝負を挑んでやる。こそこそ逃げ出したら、あんたは天下の笑い者になる。こいつは火盗改の同心だと野次馬たちに身分をさらしてやる。あんたは生き恥をさらして生きつづけることになるのだ」

さらに大石にも、半九郎が声をかけた。

「大石さん、小柳が長吉を拷問しないように見張ってくれ。この場を丸くおさめるためにも、このこと約束してくれ」

「わかった。約束する。だから、今日のところは引き上げてくれ」

「武士に二言はないな」

「武士に二言はない。長吉のことは引き受けた。だから、引き上げてくれ」

「長吉の様子を見に、ちょくちょく顔を出す。いいな、大石さん」

「承知した」

目を大石から小柳に移して、半九郎が告げた。

「見廻りの途中、おれと出くわすことがあるかもしれぬ。そのときは、逃げ出すなよ」

「絶対逃げぬ。おれは火盗改の同心小柳伸蔵だ」

にやり、として半九郎が告げた。

「その意気だ。また会おう。今日のところは引き上げる」

無言で小柳が半九郎を睨みつけた。

頃合いとみたか、大石が口をはさんだ。

「小柳、おまえはここにいろ。おれは秋月さんを表門まで送ってくる」

「承知しました」

応えた小柳から半九郎に顔を向けて、大石が告げた。

「送ろう」

「悪いな、おれはしつこい上に短気なのだ」

微笑んだ大石が半九郎に歩み寄り、軽く肩を押した。

笑みをたたえて半九郎が見つめ返す。

肩をならべて、半九郎と大石が表門へ向かって歩いていく。

遠ざかる半九郎たちを、小柳が身じろぎもせず見送っている。

第四章　月夜の提灯

一

（ちょっとやりすぎたかもしれぬ）

文五郎の普請場へ向かって歩みをすすめながら、火盗改の役宅で大石と小柳にたいしてやったことを、半九郎は反省している。

剣の勝負をしたことで、大石とは、男として、ほんの少し触れあったような気がしていた。

が、小柳とは、ぶつかりあったまま別れている。向後、半九郎に対して小柳がどんな態度でぶつかってくるか、予測もつかなかった。

（相手の出方次第で、こちらの動き方も変わる。何も起こっていない今、いろいろと考えてみても、しょせん無駄骨。出たとこ勝負でいくしかない）

腹をくくって半九郎は、空を見上げた。

雲ひとつなかった。

澄み切った青空が、際限なく広がっている。

槌音《つちおと》が響き渡っている。

二棟とも、すでに柱や梁《はり》が組み立てられていた。

ふたつの建屋の間に立って、文五郎が大工たちの動きに目を光らせている。

普請場にやってきた半九郎が、文五郎に向かって歩を移した。

気づいた文五郎が、挨拶《あいさつ》がわりか半九郎に向かって軽く手を挙げる。

会釈して歩み寄った半九郎が、文五郎の傍《かたわ》らに立って話しかけた。

「留助さんから聞いたんだが、大倉屋の相談役の工藤さんが、おれのことをいろいろと訊いてきたんだって」

「そうなんだよ。売掛金を買ってもらうときは、いままでどおり三割の手間賃を払うということで、話はついたんだが、工藤さんはなかなかの曲者《くせもの》で、他の取引は、手間賃三割五分にしてもらっている、と釘をさされたよ。いまのうちに他の売掛屋にも声をかけといたほうがいいかもしれねえ」

応じた文五郎が、半九郎を見やって、つづけた。

「秋月さんのことを訊いてきた工藤さんの様子に尋常じゃないものを感じて、留助に、秋月さんと話したいことがあるんできてくれ、と言伝《ことづて》を頼んだんだ」

工藤は、半九郎は長吉と仲がいいのか、長吉の妹のお千代とは恋仲なのか、半九郎は何をやって日々のたつきを得ているのか、などと文五郎が知らないことばかりを訊いてきた。文五郎が、

「秋月さんは、手元不如意で、同じ長屋に住んでいる、あっしのところで働いている大工に『働き場所を紹介してくれ』と相談を持ちかけてきたそうだ。その大工の仲立ちであっしのやっている普請場で、日傭賃《ひようちん》稼ぎの仕事をやってもらった。ただそれだけの間柄だ」

といっても、疑り深い目で、

「ほんとうに、それだけの付き合いか」

と、さらに工藤は訊いてきた。

「嘘なんかいってませんよ。何で、そんなに秋月さんのことが気になるんで」

と逆に文五郎が問いかけると、

「いや、気になっているわけじゃないんだ。ただ、昔、どこかで会ったような気がしたので、訊いてみただけだ。秋月という名も、どこかで聞いたような、そんな気がする」

そういって工藤は首を傾げた、という。

「昔、会ったことがあるような、と工藤さんがいったのか」

「はっきりとね」

今度は、半九郎が首を傾げる番だった。

ややあって半九郎が文五郎にいった。

「そういわれても、おれが工藤さんに会ったのは昨日が初めてだ。工藤さんの思い違いだろう」

「あっしも、そうおもうよ」

笑みをたたえて文五郎がことばを重ねた。

「どうだい。明日から働きにきてもいいんだぜ」

「代稽古をやる日数が増えそうなのだ。道場からの知らせを住まいで待たねばならぬ」

いつも自分にとって都合が悪いことが起きそうなときに、半九郎がよく使う、嘘も方便の一手だった。

「そうかい。そういうことなら仕方がない。が、日傭賃が欲しいときは、いつでも声をかけてくれ。秋月さんなら、大歓迎ですぜ」

「ありがたい。よろしく頼む」

笑みを返して、半九郎が頭を下げた。

二

普請場を後にした半九郎は、蛇骨長屋へ足を向けた。

昨夜、南天堂に、

「後ほど顔を出す」

とお杉とお千代に伝言してもらったが、蛇骨長屋に帰り着いた刻限が、真夜中九つ(午前零時)を過ぎていたために、お杉たちのところには行かなかった。

そのことが、半九郎のこころに引っ掛かっている。

長屋の露地木戸をくぐった半九郎は、自分の家に帰ることなく、まっすぐお杉たちの住まいへ向かった。

　声をかけ、表戸を開けてなかに入った半九郎の目に、縫《ぬ》いかけの仕立て物を前に置いて微笑《ほほえ》みかけているお杉とお千代の姿が映った。

「昨夜は悪かったな。もどってきたときには、すでに日付が変わる刻限を過ぎていたので、ここへきそびれたのだ」

　申し訳なさそうにいった半九郎にお杉が応じた。

「岩松たちと一緒に出て行った南天堂さんが、しばらくしてからもどってきて、秋月さんは用があるので今日はこないよ、と教えてくれました」

　わきからお千代が声を上げた。

「今日はまだ、岩松たちはきていません」

　ふたりを見やって半九郎が告げた。

「とりあえず、いまできることは、昨日のうちにすべてやってきた。が、おそらく岩松たちは、これからもやってくるだろう。何をいわれても曖昧《あいまい》な態度をとりつづけてくれ」

　そういい置いて、半九郎は外へ出た。

一刻（二時間）後、半九郎は工藤の住まいを張り込んでいた。

大胆にも工藤の家の外壁に、もたれかかって立っている。

夜四つ（午後十時）過ぎ、工藤が帰ってきた。

住まいに向かって歩を運ぶ工藤の足が止まる。

表戸を塞ぐようにして立っている着流しの男がいた。腰に大小、二本の刀を帯びている。月代《さかやき》が伸びていた。男は浪人者とおもわれた。

夜の闇のなかである。顔は、よく見えなかった。

男を油断なく見つめたまま、工藤が近寄っていく。

男が声をかけてきた。

「豪勢だな。二日つづけて酒盛りかい。おれのところまで酒が匂うぜ」

「その声、どこかで聞いたような」

一歩迫って、工藤が目を凝《こ》らした。

「秋月か。何の用だ」

「何の用だ、はないだろう。棟梁から、あんたがおれのことをいろいろと気にしていたと聞いて、わざわざやってきたんだ。おれの何が知りたい。すべてに応えてやろうとおもって待っていた。夜も更けた。時が過ぎていく。訊きたいことがあるのだろう。早くいえ」

探る目で半九郎を見つめながら、工藤が問いかけた。

「何が望みだ」

薄ら笑いを浮かべて半九郎が応えた。

「さすがに売掛屋の相談役をつとめるお方だ。話が早い。売掛屋は儲《もう》かる稼業だ。おれも仲間に入れてくれ」

ふっ、とせせら笑って工藤がいった。

「おれの一存では決められぬ。考えておく。今日のところは引き上げてくれ」

手をのばした工藤が半九郎を押しのけて、表戸の前に立った。

逆らうこともなく、傍らに躰《からだ》をずらした半九郎が、工藤の顔を覗き込むようにして告げた。

「おれの望みが叶《かな》うまで、ちょくちょく顔を出すぞ。いっておくが、おれはしつこい。憶えといてくれ」

見向こうともせず表戸を開けた工藤が、そのままなかに入った。

派手な音を立てて表戸を閉める。

その音に工藤の腹立たしさが籠もっていた。

ふてぶてしい笑みが半九郎の面《おもて》に浮く。

狙《ねら》い通りの、工藤の反応だった。

表戸に背中を向け、半九郎が足を踏み出す。

軽やかな足取りで引き上げていった。

三

翌日、半九郎は、下谷にある伊藤派一刀流高林道場にいた。

毎月七、十七、二十七の七のつく日の三日間は、半九郎が代稽古をすることになっている。

代稽古の務めは、浪々の身の半九郎の暮らしを少しでも助けてやろうと考えた、高林寛斎の温情による計らいであることを、半九郎は察していた。

半九郎が、草同心として幕府から陰扶持を得ていることを高林は知らない。

草同心は隠密の役務である。自分が草同心であることは、誰にも打ち明けられない。それも任務のひとつだ、と半九郎は肝に銘じていた。

剣の師に対し、隠し事をすることは実に申し訳ない。が、お務めは大事。草同心の務めについた以上、致し方のないこと。この上は、ただひたすら決して手を抜くことなく代稽古を務める。ただそれだけが、師にたいしておれの真《まこと》を示す唯一無二の行為だ。そうこころに決めて、半九郎は、代稽古に励んでいた。

高林道場のあるあたりは、大名など武家屋敷の多い一帯だった。

そのせいか、弟子のほとんどが江戸詰めの藩士や旗本の子息などで、武術の腕が出世の道具にもなると考える者が多かった。

師の高林寛斎の指南方法は、必死に剣の修行を積み、強くなりたい、と願う者には厳しく、出世のために剣を学ぶ者には目録、皆伝という、いわゆる目に見える形の階位を早めに与えるというものだった。

その高林のやり方が、弟子たちに受け入れられたのか、道場は入門を望む者が押しかけ、隆盛を極めていた。

当然のことながら、半九郎も高林の指南方法に従った。出世のために剣を学ぶ者には、三本に一本は負けてやることにしている。

稽古をつける相手が何を望んでいるかは、だいたいわかるようになっていた。半九郎は、強くなることだけを望んで打ち込んでくる弟子のほうが、立身出世だけが目的で剣を学ぶ者より、はるかに指南しやすかった。

相手にさとられないように負けてやることは、それなりに神経を使う作業だった。さいわいにも今日は、強くなるために稽古にきている弟子が多かった。厳しく打ち据えたり、激しく竹刀をぶつけあったりして、心地よい汗をかいた半九郎は、高林寛斎に代稽古を無事に終えたことを報告し、道場を後にした。

蛇骨長屋にもどり、住まいの表戸を開けたとき、突然、慌《あわ》ただしい足音が聞こえ、隣の表戸が開けられた。

なかから飛び出してきた南天堂が半九郎に、甲高い声で呼びかけた。

「遅いじゃないか、半さん。暮六つすぎたぜ。待ちくたびれたよ」

ふだんは暮六つ（午後六時）前には、南天堂は出かけていく。怪訝《けげん》な面持ちで半九郎が訊いた。

「どうした。仕事は休みかい」

声をかけた半九郎に、焦った様子で南天堂が応えた。

「どうしたもこうしたもないよ。大家さんが三度も半さんのところへやってきたんで、『半さんに何か用でもあるんですか』と訊いたら、『帰ってきたらおれのところに顔を出すようにいってくれ』というんで『必ずつたえます』と応えたんだ。大家さん、かなりご機嫌斜めだったぜ。店賃《たなちん》が滞っているのかい」

「それはない。いまから大家さんのところへ行ってみよう。それより、今日は岩松たちはやってきたか」

「どういうわけかきてないよ」

　応えた南天堂が、

「どれ、稼ぎに行かなきゃ。易者殺すにゃ刃物はいらぬ。雨の三日も降ればいい。忙しい。ああ、忙しい」

　あたふたと自分の住まいに入っていく。

　間を置くことなく、すでに出かける支度ができていたらしく、両手に店を出す道具を包んだ大きな風呂敷包みを抱えた南天堂が飛び出してきた。

　後ろ手で表戸を閉め、早足で露地木戸へ向かう。

　その背に半九郎が、

「いまから行ってくる。知らせてくれて、ありがとう」

　声をかけた。

　ちらり、と振り向き、にやりとして南天堂が走り去っていく。

　露地木戸で、出て行く南天堂と髪結いの道具箱を下げたお仲が行き違った。

南天堂を見送っていた半九郎に気づいて、お仲が満面に笑みを浮かべて駆け寄ってくる。

そばにくるなり、お仲が話しかけてきた。

「お葉さんのことがわかったよ」

「そうか。世話をかけたな」

目を輝かせて、お仲がいった。

「これからあたしんとこにくるかい。晩ご飯、食べていきなよ。一人分つくるのも二人分つくるのも、たいして手間は変わらない。話もできるしさ」

「それは、嬉しい話だ。が、これから出かけなきゃいけないところがあってな」

「どこへ行くんだい」

「大家さんのところだ。何かわからぬが、おれに用があるらしい」

「店賃を溜めているのかい。何なら貸してやろうか」

「店賃は払っている。行ってくるよ」

「話が終わったら、寄っておくれ。晩ご飯をつくって待っているよ」

「寄らしてもらう」

行こうとした半九郎にお仲が声をかけた。

「見てごらん。夕空を切って浅草寺の仁王門と随身門《ずいじん》、その向こうに五重塔や本堂が浮かんでいるみたいだよ。あたしは、この刻限の浅草寺の景色が大好きなのさ。墨絵ぼかしの、襖絵《ふすまえ》を見ているみたいだろう」

「そうだな」

お仲が半九郎と肩をならべてきた。半九郎は、お仲のするがままにまかせている。

半九郎も蛇骨長屋から見る浅草寺の風景が好きだった。

蛇骨長屋と浅草寺は、浅草寺の境内《けいだい》を囲う塀で仕切られているだけで隣りあっている。

いま長屋が建っている敷地の数倍ほどの空き地が浅草寺の塀に沿って広がっていた。

半九郎は大家から、地主と家主が話し合って、少しずつ長屋を建てましていくことになっている。いずれ、百所帯以上ある大きな長屋ができあがるだろうという話を聞いたことがある。

通りに面したところには、二階が店のつくりになっている二階屋の表長屋が建ち、その後ろに、露地木戸の両側に、二列ならんで棟続きの裏長屋が建っている。表長屋と裏長屋の間には、人ひとり通ることができるほどの道幅の通り抜けがつくられていた。

いまは露地木戸ふたつぶんの表長屋と裏長屋ができあがっている。

大家の家は、浅草寺の塀が鍵型に曲がったあたり、蛇骨長屋の外れにあった。

しばし、お仲とふたりで、黒ずんだ空に浮かぶ浅草寺の大伽藍《だいがらん》がつらなる景色に見入っていた半九郎が、顔を向けて告げた。

「行ってくる」

「待ってるよ」

歩き去る半九郎を、お仲が身じろぎもせず見送っている。

四

やってきた半九郎を、大家の久兵衛《きゅうべえ》が苦虫《にがむし》を嚙み潰したような顔つきで迎え入れた。

表戸を入ると土間になる。土間から板敷きへ上がり、さらに奥へとのびる廊下の、板敷きの上がり端《ばな》の左手にある座敷に、半九郎は通された。

蛇骨長屋を借りている町人たちが呼ばれたときは、裏口からつづく土間から上がったところにある板敷きの間で、久兵衛と話すことが多い、と半九郎は聞いていた。浪人とはいえ武士の端くれ、ということで半九郎は座敷へ通されたのだろう。

向かい合って座るなり、半九郎が話しかけた。

「大家さんが三度も拙宅《せったく》に訪ねてこられた、と南天堂さんがいっていたが、何か大事な話でもあるのかな」

「あるから、出向いたんですよ」

不機嫌そうな声で、久兵衛が応えた。

丸顔で小太り、ずんぐりむっくりの、目鼻口がすべて小作りの、愛嬌《あいきょう》たっぷりの久兵衛が渋面をつくっても、さほど不愉快な様子には見えなかった。

（どんな顔をしても、憎たらしくない。得な顔立ちだ）

胸中でつぶやきながら、半九郎は久兵衛に目を向けている。

顔も見たくない、といった様子で、そっぽを向いたまま久兵衛がことばを重ねた。

「秋月さん、いったい、どういうことなんだね」

そのとき、襖の向こうから、

「お茶を持ってきました」

と声がかかった。

「待っていたよ」

返答した久兵衛のことばが終わらぬうちに、襖が開けられ、娘のお町《まち》が膝をついたまま襖をあけた。

お町は年は十七、ぽっちゃりした体型で丸顔の、久兵衛には似ず、目鼻立ちのはっきりした、愛くるしい顔立ちの、お俠《きゃん》な町娘だった。

こういうことには慣れていないのか、緊張した様子でお町が角盆を持って座敷に入ってくる。角盆には湯飲み茶碗がふたつ、載せられていた。

膝をついたお町が角盆を畳に置き、角盆から手にとった湯飲み茶碗を、半九郎と久兵衛の前にひとつずつ置いた。

「ごゆっくり」

ぺこり、と頭を下げ、お町が膝行《しっこう》して後ずさる。

襖を閉めたお町を見届けて、久兵衛が口を開いた。

「今日の昼前に、火盗改同心の小柳伸蔵さまが、突然、やってこられて、とんでもない話をされたんだ」

「小柳さんがやってきた。そうか、そういうことか」

うむ、とうなずいた半九郎をみて、久兵衛が眉《まゆ》をひそめた。

「その様子じゃ、小柳さまが仰有《おっしゃ》ったとおり、秋月さんは、火盗改の役宅に行ったんですね」

「行った」

「ほんとだったんですね。長吉が主人殺しの疑いで火盗改に捕らえられ、牢に入れられているということは」

「ほんとだ。小柳さんは、どんな話をしていったのだ」

問いかけた半九郎に、久兵衛が堰《せき》を切ったように話しだした。

昨日、半九郎が火盗改の役宅にきて、小柳に長吉は無実だと訴え、暴言を吐きつづけたこと、自分の手先たちが長吉の母お杉と妹お千代の住まいに押しかけ、長吉の調べに手心を加えてやるかわりに魚心あれば水心、とお千代にちょっかいをかけていると半九郎がいっていること、半九郎について知っているかぎり教えてくれと、小柳が根掘り葉掘り訊いていったことなどを話しつづけた。

すべてを話し終えた後、久兵衛が心配そうな様子で訊いてきた。

「秋月さん、長吉はほんとに無実なのかね。もし、主人殺しの下手人だということがはっきりしたら、私はもちろん、名主さんに地主さん、家主さんまで火盗改の役宅に呼び出され、町内から主人殺しの下手人を出したことを咎《とが》められる。当然のことなから、家主さんから蛇骨長屋の管理をまかされている私は管理不行届を責められ、やめさせられるだろう。お杉さんたちには長屋を出ていってもらわなきゃならない。どうだね。しつこいようだが、長吉はほんとに無実なんだろうね」

「無実だ。おれが保証する」

きっぱりと応えた半九郎に、久兵衛がさらに問いかけた。

「無実だという証《あかし》はあるのかい」

「証は、これから見つける。お杉さん親子の日々の暮らしぶりをみて、長吉が下手人のはずがない。おれは、長吉を信じる」

憮然《ぶぜん》として久兵衛が声を上げた。

「そんなあてもないことをいっちゃ困るよ、秋月さん。大変なんだよ、長吉が下手人だったら。私とお町は路頭に迷うことになる。そうなったら困るんだよ」

興奮したのか、久兵衛が甲高い声を上げたとき、突然、隣の部屋の襖が勢いよく開けられた。

飛び込んできたお町が仁王立ちして、久兵衛を睨《にら》み付けた。

「何をいってるのよ、お父っつぁん。いつも口癖のようにいっている『店子《たなこ》は大家にとっては自分の子供みたいなものだ。どんなことがあっても、信じて守ってやらなきゃ』ということばは、ただのお題目だったの。秋月さんを信じてあげてよ。あたしは秋月さんを信じる」

「そうはいっても」

「あたしは秋月さんを信じるって、いってるでしょう」

あまりのお町の剣幕に久兵衛が黙り込んだ。

すかさず半九郎が口をはさんだ。

「まさか小柳さんがきたことを、お杉さんたちに話したのではあるまいな」

詰問口調の半九郎に、おもわず、ぶるるっと顔をふるわせて、久兵衛がいった。

「いってないよ。そんなことを話したら、お杉さんたちが気にするじゃないか。かわいそうだよ」

じっと久兵衛を見据えて、半九郎が告げた。

「どんなことがあっても、おれを信じてくれ。長吉の無実の証を、おれがつかんでみせる」

わきからお町がことばを添えた。

「お父っつぁん、秋月さんを信じて。それに、それに、長吉さんの妹のお千代ちゃんとは幼なじみよ。長吉さんも、よく遊んでくれた。お父っつぁん、お願い」

両手を合わせて拝む格好をしたお町に、

「わかった。ま、そうしよう。けど、秋月さんが余計なことをするから、火盗改がやってきたんだ。迷惑だよ。しかし、どうしたらいいんだろう。いまのままでいいのかもしれないし」

曖昧な物言いをして、久兵衛がうなずいた。

「万が一、長吉が下手人だったら、一番に大家さんに知らせる。小柳さんのことは、それまでお杉さんとお千代ちゃんにはいわないでくれ」

「それじゃ、長吉が下手人だってこともあるのかい」

久兵衛が不安そうな声を上げた。

「万が一、といったはずだ。長吉は無実だ」

いいきった半九郎を、ちらり、と見やって、

「わかったよ。万が一がないように、お百度参りでも始めるか」

力なくつぶやいて、久兵衛が溜息《ためいき》をついた。

五

話を終え、久兵衛の家を後にした半九郎は、お仲の住まいへ向かった。

蛇骨長屋の露地木戸からつづく露地の突き当たりに、浅草寺の塀が建っている。塀と四列にならんだ裏長屋の間に雪隠《せっちん》と井戸が設けられ、小さな空き地が広がっていた。

裏長屋の裏手にある、その空き地を横切ると、お仲の住む最も端の建屋に行きつく。

空き地を通り抜ける道筋が、蛇骨長屋の両端にある久兵衛の家からお仲のところへ行く最短の道筋であった。

三列目の棟割長屋を通り過ぎると通路の中央に、露地木戸からつづくどぶ板のある露地に出る。

露地を曲がった半九郎の目に、表戸の前に立って、露地木戸のほうを見やっているお仲が映った。

夕飯の支度を終えて手持ち無沙汰になったお仲が、待ちくたびれて様子を見に出てきたのだろう。そうおもった半九郎はいつもより大きめな足音をたてて、歩いていった。

気づいて、お仲が振り返る。

にこやかに笑いかけたお仲は、表戸を開けてなかへ入った。

待っていて迎え入れてくれるとばかりおもっていた半九郎は、拍子抜けしたような気分になって、歩みを速めた。

表戸は開いていた。

急いで入ろうとした半九郎は、表戸の陰に身をずらして待っているお仲に気がついた。

微笑みかけているお仲に、笑みを返した半九郎が、

「夕飯、馳走《ちそう》になるぞ」

声をかけて、足を踏み入れる。

「ちょっと冷えたけど、我慢して。話は夕ご飯の後で」

表戸をしめたお仲が、座敷へ向かう半九郎に声をかけて、支度していた菜をとりに勝手へ向かった。

夕飯の後片付けを終えたお仲が座敷にもどって、半九郎の前に座った。

「お葉さんのことを知っていたのは、上野池之端《いけのはた》の芸者で、三味線上手と評判の、お駒《こま》さんという、四十そこそこの自前の芸者さんさ。髪結床で働いているときから、あたしをひいきにしてくれているんだよ」

話し出したお仲に、半九郎が訊いた。

「今日、そのお駒さんのところへ髪を結いにまわったのか」

「そうだよ。芸者稼業は、いつも綺麗《きれい》にしていなきゃならない。で、三日に一度は通ってきてくれ、といわれているんだよ」

「お仲にとっちゃ、上客中の上客だな、お駒さんは。で、お駒さんは、大倉屋のお葉さんのことを何といっていた」

「驚いちゃ駄目だよ。上野池之端の芸者だった頃のお葉さんには、ひた隠しにしていたけど相思相愛の、忍び会う仲の浪人がいたそうだよ。その浪人、どこか陰のある、苦み走ったいい男だったたって」

「相思相愛の浪人が。それじゃ、お葉さんは泣く泣く大倉屋に落籍《ひか》されたということになるな」

問いかけた半九郎に、お仲が訝《いぶか》しげな表情を浮かべて応じた。

「それが、みょうな話なんだよ」

「お葉さんが身請け話をすんなり受けたんだな」

「そうなんだよ。お駒さんたちは、呆気《あっけ》にとられて、平《へい》さんとの仲はどうなってるんだろう、と陰では、その噂でもちきりだったって、お駒さん、いってた」

「平さん？」

「お葉さんは、恋仲の浪人のことを、そう呼んでいたそうだよ」

「浪人で、どこか陰のある、いい男か」

独《ひと》り言《ご》ちた半九郎の脳裏に、不意に浮かび上がった顔があった。

大倉屋の相談役の工藤のものだった。

次の瞬間、半九郎は、その顔を、脳裏から消し去っていた。

相思相愛だった芸者を身請けした男の、相談役と用心棒を兼ねて働く。そのことは、つねに女のそばにいるということを意味する。

自分と恋仲だった女が、自分を雇っている男の女房になっている。夫婦なら、当然、男と女として睦《むつ》み合うだろう。人並みのこころを持つ男だったら、平常ではいられないはずだ。そう半九郎は推断したのだった。

「どうしたんだい。急に黙り込んで」

覗き込むようにして、お仲が半九郎に問いかけた。

お仲を見やった半九郎のなかに、新たなおもいが湧いていた。

（待てよ。傍《はた》で見ていたら、おれもふつうではない状態でいるかもしれない。お仲を掏摸《すり》の稼業から足を洗わせるために打った一芝居がきっかけで、お仲に好意を抱くようになっている。お仲も、おれのことを好いてくれているようだ。この関わり合い、けして尋常ではない）

そのおもいが半九郎に、新たな思案を生み出させた。

「お仲」

呼びかけられて、お仲があらたまった顔つきになった。

「何だい。何でもやってあげるよ」

「お駒さんに、大倉屋の相談役の浪人の顔を見にいってもらえないかな。早いほうがいい。いまなら、旦那さんが殺されたと聞いたんで、昔馴染みの仲、やむにやまれぬ気持ちになったんで訪ねてきた。線香を上げさせておくれ、と理由をつけて大倉屋に乗り込んでもおかしくない。お駒さんに、頼んでくれないか」

「いいよ。明日の昼過ぎからの廻り髪結いの仕事を別の日に変えてもらって、お駒さんのところへ行って、都合を訊いてみるよ」

「あたしは楽しいんだから」

「悪いな。忙しいのに」

「いいんだよ。半さんの役に立つ。それだけで、あたしは楽しいんだから」

「そうか。そういってくれるか」

はにかんだ笑みを浮かべた半九郎に、お仲が、一点の曇りもない、優しげな笑みを返した。

六

住まいにもどった半九郎は、壁にもたれて腕組みをした。目を閉じる。

大家のところにやってきた小柳の狙いが奈辺《なへん》にあるか、考えている。

小柳はひとりできた、と久兵衛はいっていた。

寄ってもいいはずの、お杉母子の住まいには顔を出していない。

ただ、久兵衛には、

「いずれ名主たちにも迷惑がかかるだろう」

と告げている。

蛇骨長屋は一帯の地主から借地して、家主が普請した建屋であった。家主と大家が同一人の場合もあるが久兵衛は家主から長屋の管理をまかされている雇い人にすぎない。

名主に迷惑がかかれば、身分的には名主の影響を受けざるを得ない地主、家主にも迷惑がかかってくる。

当然家主は、長屋の住人たちの動きに目が行き届かずに咎人を出してしまった久兵衛の不始末を責めるだろう。場合によっては、大家の職を失うかもしれない。

長吉が下手人ならば、小柳の発した一言は、久兵衛に職を失い、路頭に迷うことになるかもしれない、という恐怖心を植えつけたに違いないのだ。

半九郎の人となりについては、かなりの聞き込みをかけてきたようだった。

(おそらく、おれの動きを抑えるために小柳は久兵衛のところにやってきたのだ。おれの動きを封じて、何をやるつもりだ)

思案を推しすすめる半九郎のなかで、閃《ひらめ》くものがあった。

(長吉の拷問を始める気だ。間違いない)

とことん責め上げて、長吉に自白させる。自白させれば、後はどうとでもなる。裁《さば》きにかけ、処刑する。それで一件は落着し、下手人を捕らえた者の手柄になる。

たとえ無実であろうが、町人ひとりぐらい死なせてもどうということはない。武士のなかには、そういう考えを持つ者が少なくない。無礼打ちが許されているご時世だった。

(まず長吉の身を守ることが先決だ。とりあえず大石に会い、小柳が拷問を始めたら止めてくれ、と頼む。おれには、それしか取り得る手立てがない)

そう決めた半九郎は、ゆっくりと立ち上がった。

明日に備えて一寝入りするべく、床をとり始めた。

七

翌朝五つ(午前八時)前、半九郎は火盗改の役宅の物見所の前にいた。

物見所の小者に、

「同心の大石さんに会いたい。おれは秋月半九郎。名をいえば大石さんにはわかる」

と声をかけ、大石が出てくるのを待っている。

ほどなくして、潜り戸から大石が姿を現した。

笑みをたたえた大石が、半九郎に歩み寄ってきた。

木刀での勝負以来、剣客《けんかく》気質のある大石は半九郎に好意を抱いているようだった。

「どうした。何か起こったのか」

話しかけてきた大石に半九郎が応じた。

「昨日、小柳さんが蛇骨長屋の大家さんを訪ねてきた。おれのことを微《び》に入り細《さい》に入り聞き込んでいったようだ。ひょっとしたら、本格的に長吉の拷問を始めるのではないかと気になったので、やってきたのだ」

腹立たしげに大石が吐き捨てた。

「何を考えているんだ、小柳は。火盗改の同心に組み入れられて二年、目立った働きもしていない。何とか手柄を立てたい、と焦る小柳の気持ちもわかるが、いまはそれどころではない。火盗改には、優先せねばならぬ探索があるのだ」

半九郎が問いかけた。

「おれも。そこが気になっていたのだ。大倉屋の主人殺しは、本来町奉行所が調べる一件ではないのか」

「そのとおりだ。火付盗賊改と役職名にもあるとおり、火付けと盗賊にかかわりのある事件を探索するのが主な役目だ。その火付けと盗人の探索だけでも大変なのに、町奉行所のやるべき範疇《はんちゅう》の探索に手を出す必要はないのだ」

苦々しく吐き捨てた大石が、首をひねってつぶやいた。

「それにしても小柳の奴、どこで此度《こたび》の事件を聞きつけてきたのか。おそらく、おれはともかく、ひとりをのぞいて、他の同役たちは誰も長吉の一件を知らないはずだ」

半九郎は、大石のことばを聞き逃していなかった。

「ほんとうか」

「昨日、仲間の同心のひとりに訊いてみたが、長吉の一件は知らなかった」

身を乗り出して半九郎がいった。

「頼みがある。長吉が拷問されないように気をつけてくれ」

「いま追っている一件がある。探索に走り回らねばならぬ。おれができることは、牢をのぞいて、長吉が拷問されたかどうかあらためることだけだ」

「それだけでいい。頼む」

必死な面持ちの半九郎を見つめて、大石が告げた。

「何かあったら蛇骨長屋へ知らせに行く。それと、無実の者を責め殺したりしたら御頭《おかしら》にも類が及ぶ。このこと、筆頭与力に耳打ちして、小柳が先走らないように動いてもらう」

「できることは何でもやってくれ。ところで、小柳さんは、いま役宅にいるのか」

訊いた半九郎に、

「物見番所の小者に訊いてみよう」

応じた大石が、物見番所に歩み寄り窓を開けて、小者と何やら話している。

もどってきた大石が半九郎にいった。

「小柳は、手先の岩松と竹八が迎えにきて、小半刻ほど前に出かけたそうだ」

「そうか。世話をかけたな」

「なんの」

笑みをたたえて大石がことばを重ねた。

「閑《ひま》をつくって、おぬしのように神社の境内などで真剣の素振りをやってみる。今一度、木刀で勝負してくれ」

「承知した」

顔を見合わせた半九郎と大石が、たがいに、うむ、とうなずきあった。

火盗改の役宅の門前で大石と別れた半九郎は、大倉屋へ足を向けていた。

「小柳は、手先の岩松と竹八が迎えにきて」

と大石が発したことばが、半九郎に大倉屋へ行くことを決意させたのだった。

茶屋〈美坂〉で見た工藤と岩松たちのやりとりが、半九郎の脳裏に蘇《よみがえ》ってくる。おれの読みどおり、小柳が迎えにきた岩松たちと一緒に大倉屋へ出向いたとしたら、工藤と小柳にかかわりがあるということが明らかになる。

再び、半九郎は大石の、

「それにしても小柳の奴、どこで此度の事件を聞きつけてきたのか」

とのことばもおもいおこしていた。

大倉屋殺しの一件は、どういう経路で小柳につたわったのか。長吉は、工藤にいわれて「頭を冷やすために」大倉屋から別の場所へ身を隠した。身を潜めたところは、工藤の住まいだと聞いている。

火盗改の役宅を小柳たちが後にしてから、すでに小半刻（三十分）以上過ぎ去っている。

ひょっとしたら、小柳たちは大倉屋で工藤と落ち合って、どこかへ出かけるつもりなのかもしれない。だとしたら、大倉屋には長居しないだろう。すぐ出かけていたら、もう間に合わない。どうなるかわからないが、できるだけ急ぎ足で大倉屋に行き、張り込もう。焦る気持ちを抑え込みながら、半九郎は足を速めた。

昼すぎから髪を結う約束になっていた料亭の女将《おかみ》さんのところに、昼前に顔を出したお仲は、

「のっぴきならない急ぎの用ができたので、日をあらためてもらえませんか」

　と頼みこみ、

「二日後の昼過ぎに髪を結いにきます」

　と約束して、その足でお駒の住まいへ向かった。

　表戸の前に立って、お仲が声をかけると、いつもは通いの下働きの婆さんが出てくるのに、今日はお駒が出てきた。おそらく婆さんは休みをもらったのだろう。

　突然やってきたお仲を、驚いた様子で迎えたお駒だったが、

「いきなりきて、どうしたんだい。奥へお入り」

　と座敷に招き入れた。

　座るなりお仲が、向かい合うお駒に話しかけた。

「昨日、大倉屋のお葉さんのことをお駒姐《ねえ》さんに訊いたときにいいそびれたんだけど、実は大倉屋のご主人が殺されたんです」

「殺された？　売掛屋も金貸しと同じで、あくどい稼業だ。人の恨みを買うことも

あるだろうね」

「実は、姐さんに頼みがあってきました」

「頼み？　できることとできないことがあるよ。とりあえず話してごらん」

「昨日、お葉さんの話を聞いて、何となく可哀想な気になって。あたしも、好きな人がいるけど、何やかやと事情があって、うまくいくかどうかわからない。でも、そばにいると楽しくて、それで、いろいろと考えているうちに、お葉さん、好きな男がいるのに身請けされるってどんな気持ちだったんだろう、恋仲だった浪人とはどんな別れがあったんだろうと考えると」

「身につまされたんだね、お仲さんは」

無言で、お仲がうなずいた。

「で、あたしにどうしてほしいんだね」

訊いてきたお駒に、お仲は半九郎から教えられたとおり、

「昔なじみの姐さんと一緒にいけばお葉さんも、きっと、すんなり大倉屋さんに線香を上げさせてくれるとおもって。お願いします」

と頼み込んだ。

「そうだね」

と首を傾げて、お駒が口を噤《つぐ》んだ。

思案しているお駒を、お仲がじっと見つめている。

ややあって、お駒が口を開いた。

「昔はかわいがっていたときもあったお葉さんだ。線香の一本ぐらい上げにいってもいいね。さいわいといっちゃなんだが、今日はお座敷がかかっていない。お仲さんさえよければ、いまから大倉屋へ行くかい」

「ありがとうございます」

笑みを浮かべてお仲が頭を下げた。

第五章　念者の不念

一

線香の煙が揺れながら、立ち上って消えていく。
大倉屋の位牌《いはい》が置かれた仏壇の前で、お仲が手を合わせている。
拝み終えてお仲が向き直った。
仏壇の斜め脇、お仲と向かい合うように、お駒とお葉が座っている。
「線香を上げてくれてありがとう」
頭を下げたお葉に、
「いえ、こちらこそ、留助さんという大工さんがご近所さんで、大倉屋さんは気の毒だ。いろいろと理由があって線香を上げにもいかれない、といっていたのが気になっていて、それでお駒姐《ねえ》さんに話をしたんです」

「留助さん？　その人、あたしは知らないけど、誰だろう」

首を傾げたお葉に、わきからお駒が声を上げた。

「そんな話、もういいじゃないか。何はともあれ、お仲さんがいたから、あたしも旦那さんが亡くなったことを知って、こうして久しぶりにお葉ちゃんと会えたんだから」

「そうですね。今日は楽しかった。お駒姐さんがきてくれて、嬉しかった」

そのとき、微笑みながらお葉を見ていたお仲が、

「お葉さん、髪がほつれている」

膝行《しっこう》してお葉のそばに寄ったお仲が、手をのばしてお葉のほつれた髪を指でととのえた。

「髪が乱れてますね。直しましょう。あたし、廻り髪結いなんです」

お葉の後ろに身を移したお仲が、指でお葉の髪の乱れをととのえていった。

「指使いが心地よい。うっとりしちゃう」

口をはさんでお駒がいった。

「そうだろう。あたしも髪を結ってもらっているときは、心地よくなって居眠りしたくなるのさ。細かいところもしっかり結ってあって髷《まげ》が崩れない。お仲さんにやってもらうと他の髪結いさんの結い方が甘く感じられて、厭《いや》になっちゃうんだよ。指先が人並みはずれて器用なんだね」

照れ隠しか、神妙な面持ちになってお仲が応じた。

「お駒姐さん、やめてください。そんなにいわれると、次に髪を結うときに力が入りすぎて、うまく仕上げられないかもしれない」

「それはまずい。お仲さん、気合いを入れて結ってくださいよ」

軽口をたたいたお駒に、

「はい」

笑みをたたえて、お仲が応えた。

懐《ふところ》から懐紙にくるんだ櫛《くし》を取り出したお仲が、お駒の髪に櫛を入れる。

「しばらくは髷もおさまるでしょう」

懐紙に櫛をくるみなおして、お仲が懐に入れた。

しげしげとお葉の髷をみて、お駒がいった。

「うまくととのっているよ。さすがだね、お仲さん」

「お駒姐さん、そんなにいわれると困ります。急場しのぎのととのえ方ですから」

はにかんだような笑みをお仲が浮かべた。

わきからお葉が声をかけた。

「あたしも、お仲さんに髪を結ってもらおうかね。いつきてくれる」

「いまは、あいているときがいつかわかりません。家に帰って、できる日を調べてから、二、三日中に知らせにきます」

お駒が口をはさんだ。

「商売っ気がないねえ、お仲さん。明日にでも知らせにきなよ。お葉さん、いいお得意さんになるよ」

「そうします」

「じゃ、明日、待っているよ。あたしは留守番役で、いつでも店にいるから」

「わかりました」

都合をつたえてきたお葉に、お仲が応えた。

「さあ、お葉ちゃん、昔話でもしようかね」

「そうですね。実はあたし、お駒姐さんから三味線を教えてもらうときはいつも、いつ怒られるか、びくびくしてたんですよ」

「その割には、なかなか上手くならなかったね」

「まあ、姐さんたら、相変わらず手厳しい」

「手厳しいには、まいったね」

楽しげに笑うお駒とお葉を、微笑みを浮かべてお仲が見やっている。


一刻（二時間）あまり時を過ごしたお仲とお駒は、表戸の前で見送るお葉と別れて、大倉屋を後にした。

大倉屋と形ばかりの看板が門柱にとりつけられてある木戸門を出て、つらなる町家を数軒ほど行ったところでお駒の足が止まった。お仲も立ち止まる。

お駒が前方を食い入るように見つめている。

その視線の先を、お仲も見つめた。

行く手からふたりの町人をしたがえた羽織袴姿の武士と、月代《さかやき》をのばした着流しの浪人が肩をならべて歩いてくる。

「平さん」

自信なさげなお駒のつぶやきを、お仲は聞き逃さなかった。

浪人に、お仲が目を注ぐ。

「平さんだ。間違いない」

今度は、はっきりと見極めたお駒の物言いだった。

半ば反射的にお仲は、問いかけていた。

「平さんて」

平さんと呼んだ浪人を見据えたまま、お駒が応えた。

「お葉さんが貢いでいた色男さ。お侍と一緒に歩いてくる浪人が、平さんだよ」

あらためて平さんを見つめ直したお仲の顔が、驚愕に歪《ゆが》んだ。

平さんたちの後ろから距たりをおいて歩いてくる、平さん同様、月代をのばした浪人に見覚えがあった。

半九郎だった。

おもわず呼びかけそうになったお仲が、そのおもいを必死に抑え込んだ。

立っているお仲に気づいたのか、半九郎が指を二本立てて唇にあて、横に振った。

黙っていろ、という合図がわりの仕草だと察したお仲が、平さんに視線をもどした。

お駒とお仲の視線に気づいたのか、平さんが、ちらりとふたりに目を走らせて、さりげなくそっぽを向く。

腹立たしげにお駒が舌を鳴らした。

「なんて奴だ。あたしの顔を見て、知らんぷりして顔をそむけやがった。昔から何を考えているかわからない、一癖ありげな顔つきだったが、暗さに磨きがかかったね。平の字め」

吐き捨て、ふん、と鼻を鳴らしてお駒が歩きだす。あわててお仲がつづいた。

通りで行き違っても、お駒も平さんも、たがいに知らぬふりをして通り過ぎていく。

行き会っても素知らぬふりをしたのは、半九郎とお仲も同じだった。

振り返りたい衝動にかられながらお仲は、お駒とともに歩を運びつづけた。

二

工藤と小柳、岩松たちは大倉屋に入っていった。

つけてきた半九郎は、大倉屋を見張ることができる町家の外壁に身を潜める。

張り込みながら、半九郎は頭のなかで今日の動きをたどってみた。

火盗改の役宅の前で大石と分かれた後、半九郎は大倉屋へ向かった。

大倉屋に着いた半九郎が、張り込みをはじめてまもなく、工藤と小柳が岩松と竹八をしたがえて出てきた。気づかれぬほどの隔たりをおいて、半九郎はつけていった。

四人が行き着いた先は、工藤の住まいだった。

途中で竹八が出て行ったが、さほどの時をおかずにもどってきた。手に竹皮の包みを四個、抱えている。おそらく、昼飯の握り飯でも買ってきたのだろう。

それ以後、動きはなかった。

三刻（六時間）ほどして、工藤たちが出てきた。

跡をつけた半九郎は、四人が大倉屋に入っていくのを見届けた。

途中で、お仲と行き会ったのには、驚かされた。

一緒にいたのは、たぶんお駒だろう。

合図がわりの動きをお仲が察してくれ、素知らぬふりをしあって行き過ぎることができたが、あのときは冷や汗ものだった。そのときのことをおもいだして、半九郎は無意識のうちに苦笑いをしていた。

ふう、と息を吐き出した半九郎は、あらためて大倉屋の表に目を注いだ。

半刻（一時間）後、大倉屋から岩松、竹八をしたがえた小柳が出てきた。

今夜は、工藤は住まいにもどるだけだろう。そう判じた半九郎は、小柳たちをつけることにした。

小柳たちは、寄り道することなく火盗改の役宅へ入っていった。

役宅の長屋に住んでいる小柳はともかく、岩松たちは出てくるだろう。まず竹八より、兄貴分とおもわれる岩松の住まいを突き止めよう。そう決めた半九郎は、岩松たちが出てくるのを待った。

一刻（二時間）ほど待ったが、岩松たちは出てこなかった。

大倉屋で見聞きしたことをつたえようとして、お仲が夜遅くまで起きて待っているに違いない。推測した半九郎は、今夜の岩松たちの尾行を諦《あきら》め、引き上げることにした。

蛇骨長屋にもどった半九郎は、お仲の住まいへ向かった。

お仲の家の明かりは消えていた。

すでに深更四つ（午後十時）は過ぎている。もうお仲は眠ったのだろう。そうおもって半九郎は自分の住まいに帰るべく足を踏み出した。

自分の家の表戸に手をかけた半九郎は、開けようとして動きを止めた。

表戸が動かなかった。

表戸が、鴨居か敷居のどちらかから微妙にずれているのかもしれない。首を傾げた半九郎が、表戸を揺らした。

と、なかから土間に近寄る足音が聞こえた。

表戸ごしに声がかかる。

「いま開ける。待っていて」

近所をはばかるようなお仲の声だった。

つっかい棒をはずす気配がして、表戸が開けられた。

入ってきた半九郎に、表戸を閉めながらお仲が話しかけてきた。

「表で待っていたら人目につくんで、勝手になかに入らせてもらって待っていたの。ごめんね」

座敷に上がり、行灯《あんどん》に火を入れながら、半九郎が応じた。

「さっそくお駒さんと行ってくれたんだな。大倉屋に」

座敷に入ってきて、向き合って座ったお仲に、半九郎がことばを重ねた。

「すれ違ったときに知らんぷりして悪かったな。ところで、どうだった」

身を乗り出すようにしてお仲が応じた。

「驚かないでおくれ。お駒さんが、お侍と肩をならべて歩いていた浪人が平さんだといっていたよ」

「そうか」

短く答えた半九郎は胸中で、

（推測どおりだった）

とつぶやいていた。

「お駒さんが、こんなことといっていたよ。『あのふたり、お葉が身請けされてからいままで、どんなおもいで暮らしてきたんだろう。相思相愛の男がそばにいるのに大倉屋と交《ま》ぐ合《あ》わざるをえないお葉は、どうおもって抱かれていたのか。平さんは他の男と床をともにしているお葉を、どんな気持ちで見ていたのか。当然、ふたりは人目を忍んで乳繰《ちちく》りあっていたんだろうよ』と、時折、溜息をつきながら話してくれた」

いったんことばを切ったお仲が半九郎に問いかけた。

「お葉さんの髪が乱れていたんで、直してやったんだ。そしたら、お葉さん、あたしのことが気にいって髪を結いにきてくれといいだした。あたし、半さんの役に立つとおもって引き受けてきた」

「それは」

危ない、とつづけるつもりだったことばを、半九郎は呑み込んだ。

じっとお仲を見つめる半九郎に、

「そんなに見つめないでおくれよ。恥ずかしいじゃないか」

照れくさそうにいって、お仲がうつむいた。

「すまん。これだけはいっておく。けっして無理はしないでくれ」

「わかってるよ」

しみじみとした口調でお仲が応えた。

三

役宅内に住み暮らす長屋がある小柳はともかく、岩松と竹八が入ったきり出てこなかったことが、半九郎の気にかかっていた。

(長吉の拷問が始まったのだ)

悪い予感が半九郎のなかで膨らんでいく。

（たしかめるしかない）

そう決めた半九郎は、火盗改の役宅へ向かった。

明六つ半（午前七時）ごろには、半九郎は役宅の物見窓の前にいた。

「急ぎの用でまいった。同心の大石さんにお目にかかりたい。拙者《せっしゃ》は、浪人秋月半九郎と申す」

声をかけたら、窓を開けて、小者が眠そうな顔をのぞかせた。顔見知りの小者だった。

「ちと早すぎませんか。大石さんは昨夜、日をまたいでからのおもどりだった。まだ寝てらっしゃるかもしれませんが、声をかけてみましょう」

そう応えて、窓をしめた。

ほどなくして、潜り口から大石が出てきた。

冴《さ》えない顔つきの大石を一目見て、半九郎は悪い予感が的中したことをさとった。

「拷問を始めたのだな、小柳が」

おもわず新九郎は、小柳を呼び捨てにしていた。

腹立ちがさせたことだと察した大石は、呼び捨てた半九郎の非礼を咎《とが》めようとはしなかった。

　それどころか、

「申し訳ない。昨日の真夜中に探索からもどったら、拷問部屋に明かりがついている。まさか小柳が拷問を始めたのでは、とおもって、拷問部屋をのぞいたら、天井の梁《はり》から、両端に縄をかけて吊した角材に、両手を開かされて縛りつけられている、上半身裸の長吉がおれの目に飛び込んできた。叩かれつづけたらしく、背中と胸元の皮膚が裂けて血まみれで気を失っている。左右に割れ竹を持った手先ふたりが立っていた」

「小柳はどうしていたのだ」

　問いかけた半九郎に、大石が応えた。

「長吉の前で、水桶を手に立っていた。長吉に水をかけて正気づかせようとしていたのだ」

「長吉は白状したのか」

　訊いた半九郎に、大石が首を左右に振っていった。

「『つかみ合って揉み合った大倉屋が、弾《はず》みで柱に頭の後ろをぶつけて気を失った。崩れ落ちた大倉屋の顔に顔を寄せて、気づかせようと揺すったとき、大倉屋の荒い息が頬にかかった。生きているとおもって、さらに揺すろうとしたら、もう止めて、と叫びながら女将《おかみ》さんが、おれの首にしがみついてきた。それで、おれは大倉屋から手を離した。大倉屋は息をしていた。おれは殺していない』の一点張りだった、と小柳がいっていた」

「小柳は、長吉を大倉屋殺しの下手人だとおもい込んでいるのだな」

「昨日の昼間、大倉屋が倒れた後、長吉が身を潜めていた家に行き、家捜《やさが》しをした。かなりの量の血が染みた、長吉の手ぬぐいが見つかったそうだ」

「血が染みた手ぬぐいが残っていたのか」

そういった半九郎は、

（組み打ちしたときに、傷を負ったのだろう）

そう胸中でつぶやいていた。

さすがに大石は、探索を積み重ねてきた火盗改の同心だった。

「血の染みた手ぬぐいは、大倉屋殺しの証拠にはならぬ。傷つけあって流れ出たふたりの血が入り混じったものかもしれないからだ」

口調をあらためて半九郎がいった。

「拷問をして気が高ぶっている小柳を、よくおもいとどまらせてくれたな。拷問がつづいていたら長吉は死んでいたかもしれぬ」

　苦い顔つきのまま、大石が応えた。

「何をやっている、このことは御頭も承知の上か、と問い質《ただ》したら、小柳が独断でやったことだと認めた。拷問は少なくとも筆頭与力の許しを得てやれ、と叱りつけた。小柳が神妙な様子を見せたので、小柳の手先たちに命じて長吉を牢にもどした。両腕の縄を解いたとき、長吉が呻いて正気づいた。が、身動きができないほど弱り切っていた。手先たちに牢へ運ばせ、うつ伏せに寝かせたが、置かれたまま動かなかった」

「長吉は、大丈夫なのか」

「牢番に、長吉に何かあったら、おれに知らせてくれ、といいおいて長屋に引き上げた。いまのところ、何の知らせもない」

　顔を半九郎に向けて、大石がことばを重ねた。

「昨日の朝、出がけに筆頭与力の飯田《いいだ》さんに長吉のことを話したのだ。飯田さんも長吉のことを聞いて、驚いておられた。が、小柳も手柄が欲しいのだろう。数日、様子をみよう、ということになった。その矢先に起きたことだ」

「飯田さんにいま一度、話してくれないか。長吉が責め殺されたら、大変なことになる」

眉をひそめて大石がうなずいた。

「おれもそのことを心配している。これから飯田さんの長屋へ行き、長吉の様子をみてもらう」

「そうしてくれ」

「やってみよう」

強く顎を引いた大石に、半九郎が告げた。

「一刻後に物見窓の前にもどってくる。飯田さんと話した結果を教えてくれ」

「承知した」

応じて大石が半九郎に背中を向けた。

潜り口をくぐって、大石が入っていく。

潜り口の扉が閉められたのを見届けて、半九郎が踵《きびす》を返した。

四

朝早く住まいにやってきて、

「とんでもないことが起きました。是非ともお会いしたい」

と言い張った大石を渋々座敷に通した飯田は、不機嫌な様子で問いかけた。

「これから朝飯を食べようとおもっていたところだ。手短に話せ」

「昨日、お話しした長吉の件ですが、小柳が拷問を始めました。ご存知でしたか」

うんざりして飯田がいった。

「小柳が拷問をした。おれは聞いてないぞ。何を考えているんだ、小柳は」

吐き捨てた飯田に、大石がいった。

「長吉は、割れ竹で叩かれ、身動きできないほど弱っています。どのような有様か、飯田さんにも見ていただきたいのですが」

露骨に顔をしかめて飯田が応じた。

「なぜおれが拷問された咎人の様子をあらためなければならないのだ。相手が武士ならともかく、たかが町人ひとりのことで、なぜ、それほどまでに気をつかう。拷問が過ぎて死んだとしても、役宅内で起きたこと、処理の仕方次第でどうにでもなるではないか」

唖然とした大石が、じっと飯田を見据えた。

見つめ返して、飯田が声を高めた。

「何だ、その目は。おれのいっていることに不満があるのか」

目を飯田から逸らすことなく、大石がいった。

「長吉の一件は主人殺し、われら火盗改が扱うべき事件ではありませぬ。火盗改が扱うのは火付けと盗賊どもがからんだ事件のみでございます」

「そんなことは、わかっている。商家の主人殺しは、町奉行所が探索すべき事件だ。だが、たまたま、そんな事件を小柳が見つけだしてきた。小柳が事件を落着させればいい話ではないか。そうはおもわぬか」

「おもいませぬ。此度《こたび》の事件を聞きつけた町奉行所の誰かが乗り出して、長吉が無実だということが証明されたら、火盗改はどうなります。小柳が突っ走って、拷問をやりすぎて長吉を殺してでもしたら、御頭にも咎めが及ぶかもしれませぬ」

うんざりした様子で飯田が応えた。

「さっきもいったが、役宅内で起きたことは表沙汰にならぬように手配し、誤魔化《ごまか》しとおすことはできる」

「できませぬ。すでに長吉と同じ長屋に住む者が、長吉が無実であることを証明すべく動きまわっております。その者が、町奉行所へ訴え出るかもしれませぬ」

「いるのか、そのような者が」

「おります」

きっぱりと大石がいい切った。

「月番は南町奉行所か」

独り言のような飯田のつぶやきだった。

首を捻って、飯田が、さらに独り言ちた。

「南町奉行は上様お気に入りの大岡越前守様、厄介だな」

うむ、とうなずいて飯田が大石を見やった。

「長吉の様子を見に行こう」

「直ちに」

気がせくのか大石が腰を浮かせた。

褌《ふんどし》ひとつでうつ伏せに寝かされたままの長吉が、寝返りをうとうとして、痛みに呻き声を上げた。

背中にかけられた衣に血が染みている。

牢の前に立った飯田と大石が、なかで横たわる長吉を見つめていた。

咎めるような目つきで大石を見やって、飯田が告げた。

「まだ生きている。大石、心配が過ぎるのではないか」

そんな飯田に、一瞬、驚きの表情を浮かべた大石が、おもわず声を高めた。

「しかし、このまま小柳の独断専行を許せば、どうなります。万が一のことが起きないとはかぎりませんぞ」

そっぽを向いて飯田が告げた。

「数日、小柳の様子をみよう。下手に留め立てをすると、小柳のやる気を削《そ》ぐことになる」

「それは、あまりにもゆるやかな措置」

食い下がる大石に、面倒くさそうに飯田が応えた。

「皆に頑張って働いてもらうために、日夜、こころを砕いているおれの身にもなってみろ。引き上げよう。朝飯を食っておらぬ」

「しかし」

といいかけた大石を無視して、飯田が踵を返した。

ちらり、と牢の長吉に目を走らせた大石が、渋々飯田にしたがった。

一刻（二時間）少し前に、半九郎は火盗改の役宅にもどってきた。

物見窓の前に、大石が悄然《しょうぜん》と肩を落として立っている。

駆け寄って半九郎が声をかけた。

「その様子では、不首尾だったようだな」

うつむいたまま大石が応じた。

「すまぬ。筆頭与力に、横たわり身動きもままならぬ長吉を見せたが『まだ死んではおらぬ。数日、小柳の様子をみよう』という返答だった」

おもわず半九郎が声を荒らげた。

「まだ死んではおらぬだと。筆頭与力は何を考えているのだ」

「この上は、御頭に申し上げるしかない。やれるだけのことは、すべてやってみる」

「そうしてくれ」

「力になれず、すまぬ」

頭を下げた大石が半九郎に背中を向ける。

会釈をした半九郎が、小さく溜息をついて、火盗改の役宅を後にした。

五

拷問は取り調べの手立てのひとつである。口を割らない科人《とがにん》にたいしては、白状させるために頻繁に使われる手段であった。

拷問は、科人の生き死にの境目を、見極められる者でないとやってはいけない方法だと、半九郎は考えていた。

（はたして小柳に、長吉の生き死にの分かれ目の見極めができるだろうか）

こころのなかで、半九郎は自分に問いかけた。

答は、否《いな》だった。

手柄を立てることだけに目がくらんでいる小柳は、早く白状させたいという気持ちだけが先走って、これ以上責めたら死ぬかもしれない、という冷静な判断力を失っているに違いない。

（このまま手をこまねいているわけにはいかぬ、新たな策を講じなければ。いったん蛇骨長屋へもどって、じっくりと練り上げるか）

そうおもって半九郎は歩きつづけた。

新たな策を求めて、思案をおしすすめるのだが、空回りするだけでいい知恵が浮かばない。

新大橋《しんおおはし》を渡り始めた半九郎の頬を、川風がなぶっていく。

心地よかった。

橋のなかほどで足を止めて、半九郎は欄干《らんかん》にもたれかかった。

大川を、荷を積んだ船と、荷揚げをすませて新たに荷を積み込むために江戸湾へ向かって下る荷船が、多数行き交っている。

ぼんやりと行き来する船を眺めていた半九郎のなかで、はじけるものがあった。

荷船は川を上る船と下る船で、それぞれがすすむべき航路が決まっているらしく、ぶつかりそうになりながらも、ぎりぎりのところですれ違って通り過ぎる。

その光景が、半九郎にひとつの策をおもいつかせた。

今回の、長吉に疑いがかかっている大倉屋殺しの一件は、明らかに町奉行所で扱うべき事件である。

その一件を、いかに先に手をつけたからといって、火盗改が探索に乗り出すのは、支配違いを承知の上でやっている、それぞれの職分を侵す行為、と町奉行所から咎められても仕方がない事柄だった。

(できうるかぎり自分ひとりの働きで事件を落着させる。それが草同心の主たる任務、との基本的な心得に縛られ、自分の面子《めんつ》を保つために町奉行所の手を借りることを潔《いさぎよ》しとしなかった自分の未熟を恥じるしかない。長吉の命を守るためには、頭を下げるべきところは、面子を捨てて頭を下げるしかない）

そう腹をくくった半九郎は、行く先を蛇骨長屋から八丁堀《はっちょうぼり》へ変えて、歩みをすすめた。

半九郎は、大倉屋殺しの一件を火盗改が扱うようになったのは、工藤が飼い慣らしていた岩松と竹八を通じて小柳を動かしたため、と推測していた。

大倉屋の女房のお葉と工藤は昔から相思相愛の仲だった。お葉に大倉屋に身請けされるように因果を含め、大倉屋にはお葉を身請けするようにすすめる。

（何のために工藤はそんなことをやったのか）

大倉屋の主人が貯め込んでいた金を元手に、売掛屋をやるようにすすめて店を開かせたのも工藤だろう。端《はな》から工藤は商売が軌道に乗ったら、大倉屋を殺すつもりでいたのではないか。商い上の意見の食い違いから、長吉と大倉屋が取っ組み合いの喧嘩を始めて、大倉屋が気を失った。

大倉屋を始末するには、またとない機会だと判断した工藤が、長吉をいったん自分の住まいに身を潜めさせ、大倉屋に止めをさしたに違いない。半九郎はそう見立てている。

（当たらずともいえども遠からず、だろう）

胸中でつぶやいて半九郎は、足を止めた。

近くに神社が見えたからだった。

神社に足を踏み入れた半九郎は、本殿の裏手に回り、庭石に腰を下ろした。

帯に下げていた矢立を手に取り、懐から懐紙をとりだす。

矢立から筆を抜き取り、懐紙に、

〈明日暮六つ、例のところで待つ　秋〉

と書き記した。

墨が乾くまで待つ余裕はなかった。懐紙の下のほうから紙を抜き出し、書いた紙の上に重ねる。

二つ折りした懐紙をふところに入れ、矢立の紐《ひも》を帯に巻き付けた。

地面に目を走らせた半九郎は、重し代わりにつなぎ文に包み込む小石を探した。

適当な大きさの小石を見つけた半九郎は、立ち上がって歩み寄り、小石を拾う。

小石を掌でくるむようにして、半九郎は歩き出した。

急ぎの用があるときは、吉野の屋敷内の塀際に立つ樅《もみ》の木の根元めがけて、つなぎ文を投げ入れる。

指揮下にある草同心の呼び出しには、年番方与力は、万難を排して応じなければならない、と取り決めてあった。

樅の木の立つ、吉野の屋敷の塀のそばに歩み寄った半九郎は、ぐるりを見渡し人目がないことをたしかめて、つなぎ文を樅の木の根元に落ちるように投げ込んだ。

半九郎が、再び周囲に視線を走らせて、見られていないことをたしかめる。

歩きだした半九郎は、八丁堀へくる途中でおもいついた手立てを実行に移すべく、手助けしてもらう相手、早手の辰造の住まいへ向かって歩き始めた。

辰造には大倉屋の調べを頼んである。辰造とともに大倉屋に乗り込み、工藤に揺さぶりをかける。

(工藤にちょっかいをかければ、状況に多少の変化が生じるかもしれない)

そう半九郎は考えていた。

訪ねてきた半九郎を、辰造は満面を笑み崩して迎え入れた。

座敷に通し、向かい合って座るなり、話しかけてきた。

「半九郎さんを呼び出しに、手下を走らせようとおもっていたんだ」

「大倉屋の調べがついた頃だとおもってやってきた。何かつかめたかい」

「いいところを教えてもらったぜ。大倉屋は叩けば埃《ほこり》がでそうなことを、あちこちでやっている。お縄にできそうな話も三つほど聞き込んである」

いまにも舌なめずりしそうな辰造に、

「明日にでも大倉屋に乗り込むか」

嘘も方便の一芝居、狡《ずる》そうな薄ら笑いを浮かべて、半九郎が切り出した。

「いいとも、大倉屋はいい金蔓《かねづる》になる。十手に物をいわせて、ほどよく長くたっぷりと搾《しぼ》り取ってやろう。よかったよかった。半九郎さんがやっと金儲けをする気になった。めでたいめでたい」

辰造が高笑いをした。

笑いつづける辰造を、笑みを浮かべて半九郎が眺めている。

六

翌日、半九郎は昼前に辰造の家に顔を出した。

辰造と一緒に近くの蕎麦《そば》屋で、蒸籠《せいろ》を食い、大倉屋に向かった。

歩きながら辰造が、大倉屋のあくどいやり方を話してくれた。

大倉屋では表向き、売掛金の買取賃は取引する金高の三割ということになっている。

が、いざ金を渡すときになると証文作成賃や取立手間賃などの名目をつけて、四割五分から五割差し引くのだ。

買い取った売掛金の支払い元が、

「もともとの取引相手に払うから、そっちから受け取ってくれ。うちに何の断りもなく、売掛金を売買するなんて認められない」

などとごねると、大倉屋は手なずけているごろつき浪人たちを差し向け、脅し上げて売掛金を集金し、その上、売掛金の金高の一割の迷惑賃を支払い元に要求して受け取るまで居座るなど、さまざまなあくどいやり口で荒稼ぎしている。聞き込み

にいった辰造に、

「厳しく取り締まってくれ」

との声が、売掛金の支払い元や売主から相次いで上がったという。

「そんな荒事の一切を取り仕切っているのが相談役の工藤という浪人らしい。おれたちの話す相手は、その工藤だ。度胸を据えて、かかりやしょう」

腹をくくらせようとおもったのか、辰造はそういって話を締めくくった。

聞きながら半九郎は大工の棟梁、文五郎のことを考えていた。

文五郎は、

「大倉屋の売掛金の買取賃は三割」

と半九郎に話してくれた。

口ぶりから推断して、文五郎は三割の買取賃しか払っていなかったのだろう。大倉屋のなかで長吉が頑張って、文五郎との取引だけは表向きの買取賃三割で取引しつづけてきた。そうとしかおもえなかった。

当然のことながら、そんな長吉は大倉屋のなかでは浮いた存在だったのではないか。その長吉が取引のことで、大倉屋と取っ組み合いの喧嘩をした。喧嘩のもととなった取引の相手は、おそらく文五郎だろう。工藤は何かと真っ正直な意見をいう長吉を、常々腹立たしくおもっていたはずだ。

(今度の一件は、大倉屋を始末し、長吉を店から追い払うことができる一石二鳥の機会。工藤は、一気に勝負に出たのだ)

次第に読み解けていく事件の構図に、半九郎は手応えを感じていた。


木戸門の潜り口の扉を押して辰造が入っていく。つづいてくぐり抜けた半九郎の耳の近くで、扉に結わえ付けられた鈴が、まだ綺麗な音を響かせている。あくどい商いをやっている大倉屋には、およそ似つかわしくない澄み切った音色だった。

表戸の前で奉公人が待っていた。

腰に差した十手を引き抜いた辰造が、奉公人に突きつけた。

「御用の筋だ。いろんな噂が耳に入っている。大倉屋の主人は死んだと聞いている。いま店を仕切っている人と話したい。入らせてもらうぜ」

いきなり奉公人を突き飛ばして、なかへ入ろうとした辰造に声がかかった。

「乱暴はそこまでだ。奥へ入ってもらおう」

声のした方を辰造と半九郎が見やった。

奥から出てきたのか、廊下に工藤が立っている。

「あっしは早手の辰造。こういう者でさ」

手にした十手を掲げて、振ってみせた。

「おれは、浪人秋月半九郎。辰造親分の手伝いだ」

ふてぶてしい笑いを浮かべた半九郎を、工藤が睨《ね》めつけた。

「あの夜の話のつづきか」

「そうだ」

せせら笑って半九郎が応えた。

訝《いぶか》しげに辰造が問いかける。

「あの夜の話のつづきとは」

「気にすることはない。いまとなっては、消えた話。おれは辰造親分と手を組むと決めたのだ」

軽蔑したような目つきで半九郎を見据え、工藤がいった。

「そうか。そういうことか」

「そういうことだ」

きっぱりと言い切った半九郎に、

「何がなんだかよくわからねえが、仲間であることは間違いなさそうだ。奥へ上がらせてもらおうぜ」

草履《ぞうり》を脱いだ辰造が、板敷の上がり端に足をかけた。半九郎がつづく。

算盤《そろばん》や硯箱《すずりばこ》をのせた文机《ふづくえ》が置いてある商いの間とおもわれる座敷で、工藤と向き合って、辰造と半九郎がならんで座っている。

「話をきこう」

油断のない目つきで、工藤が声をかけてきた。

ちらり、と工藤が半九郎に目を向ける。

芝居気たっぷりに、半九郎が大げさに隣室へ向かって顎を振ってみせた。

その仕草の意味がわかったのか、工藤が、にやり、として辰造に目を移す。

座敷に入ったときから半九郎は、隣の部屋に誰か潜んでいると感じていた。

笑みを漏らした工藤の反応が、半九郎の判断が的を射ていることの証《あかし》だろう。

十手をこれみよがしに揺らしながら、辰造がいった。

「おれのところに大倉屋の商いのやり方があくどすぎる。お灸《きゅう》を据えてやってくれ、と数人から訴えがあってな、調べたのよ。そしたら、出るわ出るわ、最初の話とは大違いの、さまざまな手間賃で売掛金の五割は持っていく、ぶったくりの手口の連続だ」

　じっと辰造をみつめて、馬鹿丁寧な口調で工藤が応じた。

「うちでは、売掛金を売りにくる旦那方と、たがいに納得ずくの話し合いを持った上で、買い取るようにしている。大倉屋のやり方が不満なら、他の売掛屋にいけばいいだけのことだ」

「そうおもっているのは、おまえさんだけじゃないのか。不満があるから、おれのところに相談にくるんだろう。そこんところをよく考えてみるんだな」

「何の覚えもないことをいわれても、対処のしようがない。うちには落ち度はない」

　眉一つ動かさず工藤がいいきった。

「何の落ち度もない、とはいわせねえ」

　吠《ほ》えた辰造が十手を突きつけても、工藤は動じない。

　道すがら半九郎に話してくれたことを、辰造がまくしたてた。

　が、工藤はびくともしなかった。

　十手をひけらかして辰造が脅しをかけても、工藤はのらりくらりと当たり障りのない応答に終始した。

ふたりのやりとりを聞いているだけで、半九郎は一言も口をはさまなかった。

一刻（二時間）ほど過ぎた頃、話す種がつきたのか、辰造が同じ話を繰り返しはじめた。引き上げる気配すらみせない辰造に業を煮やしたか、工藤が折れて出た。

「どうすれば、親分と仲良くなれるか、明日まで考えさせてくれ」

にんまりして辰造が応えた。

「魚心あれば水心、というだろう。そのあたりのところを、よく考えてもらいたいな」

聞き覚えのある諺《ことわざ》だった。岩松のことをおもいだした半九郎は、おもわず辰造に目を走らせた。

勝ち誇ったような薄ら笑いを浮かべて、辰造が工藤を見やっている。

「明日の暮六つにきてくれ。山下の茶屋で晩飯でも食いながら話そう」

「色よい返事を待っているぜ」

十手を帯に差しながら、辰造が立ち上がる。

半九郎が辰造にならった。

七

暮六つ（午後六時）を告げる時の鐘が、風に乗って聞こえてくる。

両国広小路《りょうごくひろこうじ》の大川沿いに建つ船宿〈浮舟〉の二階の座敷で、上座にある吉野と向き合って半九郎が座していた。

暮六つ前に浮舟に着いて、吉野を待つつもりでいた半九郎だったが、吉野は、すでに二階の座敷に上がって待っていた。

「遅くなって、申し訳ありません」

と頭を下げた半九郎に、吉野は、

「まだ暮六つ前だ。わしが早めに着いただけだ」

と笑いかけ、口調を変えてつづけた。

「料理の手配はすんでいる。料理を運び込んでもらう前に、話を聞こう」

「私が住む蛇骨長屋の住人で、売掛屋の大倉屋に奉公している長吉という者が、主人殺しの疑いをかけられて捕らえられ、火盗改の役宅の牢に入れられております」

眉をひそめて吉野が訊いてきた。

「面妖《めんよう》な。主人殺しは町奉行所で調べる事件、火盗改からは何の断りもないが。もっとも、その長吉とやらが盗人《ぬすっと》の一味とかかわりがあれば、話は違ってくる」

「長吉は、盗人一味とは、まったくかかわりがありませぬ。長吉は病がちの母の薬代を稼ぎ出すために、それまで働いていた大工の棟梁のもとを離れ、給金のよい大倉屋に奉公した孝行息子です」

「秋月は、長吉を無実だと見立てているのだな」

「そうです。残念ながら、まだ確たる証拠を手に入れておりませぬ。が、長吉の母と妹の暮らしぶりと、稼業柄、不規則になりがちですが、泥酔した長吉を見たことがありません。長吉の過ごし方をみるかぎり、主人殺しをしでかすとは、とてもおもえませぬ」

「とらえた長吉が無実だと判明したら、火盗改の面目は丸つぶれになるな」

独り言《ご》ちた吉野が、何かに気づいたらしく、顔を半九郎に向けて、ことばを重ねた。

「秋月の俄《にわか》の呼び出し、何事かとおもうたが、いまわかった。火盗改の取り調べは厳しい。長吉が拷問にかけられたのだな」

「そうです。此度の探索の途上、知り合った火盗改の同心が教えてくれました。割れ竹で打ち据えられ、皮膚は裂け、血まみれで身動きもままならぬ有様だと、いっていました。長吉は『仕事の意見の食い違いから大倉屋と喧嘩になり、取っ組み合った。弾みで大倉屋が柱に頭の後ろをぶつけて気を失ったが、息はあった。おれは殺していない』の一点張りだそうです」

苦い顔つきになって、吉野が呻いた。

「それはまずいな。白状させようと夢中になって拷問をつづけ、やり過ぎて責め殺した後で、何とか自分の落ち度を隠そうとして、息を引き取る前に自白した、との調べ書をつくったものの、後で真の下手人が捕らえられて咎められ、厳罰に処せられた町奉行所の同心もいる。長吉も、その無実の罪で責め殺された者と同じことになるかもしれぬ」

「長吉を捕らえた火盗改の同心は任に就いて二年目の経験不足の者。手柄を焦っているふしもあり、長吉の命は危ないところにあるかと」

「これまで探索してわかったことを、すべて話してくれ」

「長吉の母お杉と妹のお千代のもとに火盗改の同心の手先がふたりやってきて、長吉がもどってきているはずだ、とわめきたてているのを見かねて、仲裁に入ったことが、事件にかかわるきっかけになりました」

半九郎は、あまりにも御用風を吹かす手先ふたりを腕尽くで追っ払ったこと、長吉に「頭を冷やしてこい」といって自分の住まいに行かせた大倉屋の相談役と用心棒を兼ねた工藤某という浪人が、火盗改に長吉を売った人物であること、火盗改に乗り込んで「長吉は無実だ」と揺さぶりをかけたことなど、これまでの経緯を詳しく話した後、

「このかかわりは、私には理解しがたいものですが」

と前置きして、工藤と大倉屋の女房お葉は、昔お葉が芸者だった頃、相思相愛の仲だったことを付け加えた。

口を挟むことなく聞き入っていた吉野が、口を開いた。

「工藤某とお葉が、かつて恋仲だったという確証はとれているのか」

「芸者の頃、お葉をかわいがっていたお駒という芸者が、大倉屋を訪ねた帰り道で工藤と出くわし、当時芸者仲間から平さんと呼ばれていた浪人が工藤某だ、間違いない、といいきっています」

応えた半九郎に、吉野がいった。

「幸いなことに、今月は南町奉行所の月番。動きやすい」

「できれば御奉行様から火付盗賊改役様に、長吉の身柄の引き渡しを申し入れてい

ただければ、いまと同じく牢に入れられるとしても、身の安全だけは保たれます」

「秋月のほかに、定町廻りなど南町の探索方の同心たちを動員すれば、調べもすみやかにすすむだろう」

「そうなったら、ありがたいかぎりですが」

「明日にでも御奉行に長吉のこと、話してみよう」

「吉報を待っております」

頭を下げた半九郎に、

「話はすんだ。うまい料理をたらふく食おう」

躰《からだ》の向きを変え、廊下へ向かって吉野が呼びかけた。

「料理を運んでくれ」

振り返った吉野に、

「遠慮なくご馳走になります」

半九郎が笑みを向けた。

第六章　千慮の一得

一

翌朝五つの時の鐘が鳴り始めた頃、

「大変だ」

わめきながら、南天堂が半九郎の住まいの表戸をあけた。

「どうした」

勝手から顔をのぞかせて、半九郎が応じた。濡れた箱膳を手にしている。朝飯を食べ終わって、飯椀などの器を洗っていたのだろう。

「何をのんきなことやっているんだ。きてるんだよ。きてるの」

唾を飛ばして、南天堂が怒鳴った。

「きてるって、誰が」

はっと、気づいて、半九郎がことばを継いだ。

「お千代ちゃんのところに、岩松たちがきているのか」

水を張った桶《おけ》に箱膳を放り込んで、半九郎が座敷に向かった。

小刀を帯に差し、大刀を差しながら草履《ぞうり》を履《は》く。

「急ごう」

「遅すぎる」

声をかけて駆けだした半九郎に、文句をいいながら南天堂がつづいた。

突然開けられた表戸に、板敷きの上がり端に腰をかけていた岩松と竹八が振り向いた。

土間に足を踏み入れて、半九郎が声をかける。

「何しにきた」

せせら笑って、岩松が応じた。

「話はすんだ。すぐ引き上げるよ」

「話？　どんな話だ」

「長吉のおっ母さんと妹から、どんな話か、きくんだな」

お千代に笑いかけて、岩松がことばを重ねた。

「な、おれたちは親切だろう。また知らせにきてやるからな。魚心あれば水心、だ。お千代ちゃん、これからは優しくしてくれよな」

にんまりした岩松が竹八に、話しかけた。

「引き上げよう。役立たずの用心棒気取りがやってきたからな」

立ち上がった岩松が、

「狭いんだ。ぼんやり立ちんぼしてないで、どいてくれ」

わざとらしく半九郎のそばをすり抜けるようにして、開けっぱなしになっている表戸から出て行く。

表戸の前にいた南天堂に、わざとぶつかって岩松が怒鳴った。

「どきやがれ。このヘボ易者め、邪魔だ」

よろけて、踏みとどまった南天堂が、

「乱暴はよせ」

怒鳴って睨みつけるが、すでに岩松たちの姿はなかった。

露地木戸へ向かって岩松たちが歩いて行く。
「どうなってるんだ、あいつら。急に威勢がよくなって」
つぶやきながら半九郎を見て、南天堂が首を傾げた。
座敷に上がろうともせず、半九郎が板敷きの前で立っている。
「何で座敷に上がらないんだ」
なかに入って、南天堂が半九郎に声をかけた。
半九郎は、食い入るように一点を見つめている。
その視線の先を追った南天堂が、大きく目を見開いた。
へたりこんでいるお杉とお千代の前に、それは置かれていた。
真っ赤に染まった手ぬぐいだった。
金縛りにあったように、お杉とお千代がその手ぬぐいに目を注いでいる。
「それは、血を拭《ふ》いた手ぬぐい。岩松たちが届けにきたのか」
かすれたような半九郎の声音だった。
お杉が顔を上げた。
疲れ切ったその顔は、急に老け込んだように見えた。
「長吉の血だといっていました。拷問されて傷ついた血まみれの長吉の躰を、岩松が拭いてやったんだそうです。長吉の血がついた手ぬぐいだ。形見になるかもしれないから、大事にしろと、長吉は、長吉は」

喘《あえ》ぐようにいったお杉から、堪《こら》えきれなくなったのか、嗚咽《おえつ》が漏れた。

突然、お千代が泣き出した。

「兄ちゃん、兄ちゃんが殺される。殺されちゃう。誰か助けて」

号泣しながら絶叫したお千代のことばが、半九郎のこころに突き刺さった。

(おれは何をしていたんだ。お杉さんやお千代ちゃんの、何の役にも立っていなかったのか)

胸中でつぶやいた半九郎は、呆然と立ち尽くした。

かけることばはみつからなかった。

「引き上げさせてもらう」

誰にいうともなく口にだした半九郎は、お杉とお千代に目を走らせて、悄然と踵《きびす》を返した。

「どうした」

出て行った半九郎に声をかけ、あわてて表へ出た南天堂が、後ろ手で表戸を閉め、後を追った。

追いついた南天堂が半九郎と肩をならべて歩いていく。

肩を落としたふたりは、口をきこうともせず、住まいに向かって歩を移していた。

いきなり南天堂がことばを発した。

「どだい無理な話だったんだ。おれたちがどう逆立ちしたって、火盗改には勝てっこねえ。悔しいなあ」

「何とかなる。手は打ってある」

応じた半九郎に、気に障ったか南天堂が爆発した。

「気休めはよしてくれ。どう格好つけたって、半さんは、しょせん浪人、朝日が西から昇らないかぎり、火盗改には、御上の息のかかっている奴らには勝てないんだよ」

「南天堂」

声をかけた半九郎を見ようともせず、南天堂がつぶやいた。

「疲れた。おれは家に帰って寝る」

がっくりと肩を落として、南天堂が自分の住まいに入っていく。

見送った半九郎は振り返って、お杉たちの家に目を向けた。

身じろぎもせず、心配そうに見つめている。

二

与力詰所で吉野は、南町奉行大岡越前守が下城してくるのを待っていた。浮舟で半九郎と話し合った長吉のことが、昨夜からずっと気になっている。(すでに長吉の拷問は始まっている。いつ責め殺されてもおかしくない有様だ。時はかけられぬ。一刻も早く御奉行に動いてもらわねばならぬ)

焦る気持ちを抑えながら、吉野は風に乗って聞こえてくる、時の鐘が告げる刻限に耳を傾けている。

南北とも月番の江戸町奉行は、江戸城中で時を知らせる御太鼓が朝四つ(午前十時)を告げる前に登城し、昼八つ(午後二時)ごろ下城する。

その後、町奉行所内で、調べ書が山積された殺しなどの事件や、訴えがあった案件などの処理にあたった。

それだけでも多忙を極めているのに、式日には和田倉《わだぐら》御門内にある辰ノ口《たつくち》の評定《ひょうじょう》所《しょ》に出座し、六、十八、二十七日には月番奉行の内寄合、月番奉行と大目付、目付立合いの裁きの場である三手掛、寺社奉行、町奉行、大目付、目付立合いで裁く四手掛、寺社奉行、町奉行、勘定奉行、大目付、目付立合で裁く五手掛にも出座すると定められていた。

ちなみに町奉行所の月番と非番の差は、月番の町奉行所が揉め事の訴えを受け付ける窓口になるというだけのことであった。

非番の町奉行所は、月番のときに受け付けた事件や、未解決のまま継続している事件の探索をつづけていた。

非番だからといって、町奉行以下、町奉行所の与力、同心、目明かし、小者にいたるまで、のんびりと休んでいるわけではなかったのである。

昼八つを告げて打たれる御太鼓の音が、かすかに聞こえてくる。

（下城してくる御奉行を出迎え、たとえ五月蠅《うるさ》いとおもわれても、御奉行につきまとい、話し合いに持ち込まねばならぬ）

腹を決めた吉野は、大岡を出迎えるべく立ち上がった。

小半刻（三十分）後、下座に控える吉野は、着替えを終えた大岡と話し合っている。

さすがに大岡は切れ者であった。

迎えに出てきた吉野が、さりげなく近寄り、

「拙者《せっしゃ》預かりの草同心より喫緊《きっきん》の知らせがございました」

と耳打ちした。

「草同心から喫緊の知らせ」

という吉野のことばに、ことの重要性を察したのか、間を置くことなく大岡が応じた。

「用部屋で待て」

それだけいい、奥の着替えの間へ向かったのだった。

昨夜、半九郎から聞いた長吉にかかわる一件を、吉野はこと細やかに話しつづけた。

黙然《もくねん》と聞き入っていた大岡が、語り終えた吉野に問いかけた。

「その長吉なる町人、盗人《ぬすっと》一味にかかわりはないのだな」

「長吉は、一件を知らせてきた草同心秋月半九郎と同じ蛇骨長屋で、年老いた母と妹と暮らしている者、暮らしぶりをみるかぎり、盗人一味とのかかわりなどあるはずがない、と秋月が断言しております」

「日々の暮らしを間近で見ている秋月とやらの見方、当たらずといえども遠からずというところだろう。しかし」

ことばを切った大岡が、じっと吉野を見つめた。

「しかし、とは」

訝《いぶか》しげに訊いた吉野に大岡が告げた。

「しかし、人には魔が差すということもある。長吉も魔が差して、大倉屋の主人を殺したのかもしれぬ」

吉野が、身を乗りだすようにしていった。

「いまの時点では、長吉が大倉屋を殺したか否《いな》か、確たる証《あかし》がつかめているわけではありませぬ。が、ひとりの町人の命が絶たれるおそれがあることだけは、明らかな事実でございます。もし、火盗改が、たんに主人殺しの罪で長吉を捕らえたのであれば、定められた探索の範疇《はんちゅう》を越えた行為。そのことだけでも町奉行所は、火盗改に理非曲直を問い質《ただ》さねばなりませぬ。それ以上に」

といいかけたことばを呑み込んだ吉野が、

「いや、申しますまい。この上の話は、私めの立場を越えることに」

目を吉野に注いだまま、大岡が告げた。

「かまわぬ。おもうがままにいうがよい」

一膝すすめて吉野が、声を高めた。

「あまり時はかけられませぬ。秋月の見立てどおり、長吉が無実だとしたら、責め殺されるおそれのある町人ひとりを見殺しにしたことになります。事をすでに知ってしまった御奉行も私も、殺されるかもしれない長吉を、はたで、ただ見ているだけの者、ある意味では、人殺しを見逃し、幇助《ほうじょ》したことにもなりかねませぬ」

うむ、とうなずいて大岡が応じた。

「わかった。どうすべきか、一晩考えさせてくれ」

「承知しました」

吉野が深々と頭を下げた。

三

暮六つ（午後六時）に大倉屋にやってきた半九郎と辰造を、工藤が座敷に上げることはなかった。

ふたりを表戸の前で待たせたままで、出かける支度をととのえた工藤は、

「山下に行きつけの茶屋がある。そこで話そう」

と声をかけ、先に立って歩き出した。

顔を見合わせて半九郎と辰造が、工藤につづいた。

山下の茶屋〈美坂〉の座敷に入ると、すでに数皿に盛られた肴《さかな》がならべられた高足膳がひとつ、その前に、大刀の抜き打ちをくれても刃先が届かないほどの隔たりをおいて、同様に肴を盛った数枚の皿がのせられた、ふたつの高足膳が置かれていた。

工藤がひとつの高足膳、半九郎と辰造が、ならべられたふたつの高足膳を前にして座った。

胡座《あぐら》をかいて工藤が声をかけてきた。

「足を崩して、呑み食いしながら、話し合おう」

「それがいい。話が長引くかもしれねえからな」

目を半九郎に走らせて、辰造がことばを重ねた。

「秋月さんも、楽にしな」

「そうだな」

応えて、半九郎が座り直した。その目は、さりげなく工藤の右脇に置かれた大刀に向けられている。

高足膳の置かれた位置を見た瞬間、半九郎は、工藤が半九郎に抜き打ちを仕掛けてきた場合に備えて、高足膳の位置を決めたのではないかと推量していた。

尾行しながら半九郎が、隙を見いだせない工藤の後ろ姿を見て、かなりの剣の遣い手と推断したように、工藤もまた、半九郎の身のこなしから、剣の達者と見立てたに違いない。

修行を積み重ねた剣の上手は、相手の立居振舞いから、剣の腕を計ることができる。

半九郎がしてきたように、工藤もまた、必死に剣の修行に励んだときがあるのだろう。

「手酌《てじゃく》でいこう。これから長い付き合いになりそうだし、端《はな》から無礼講でやったほうが後々楽だ」

高足膳の脇に置かれた丸盆に乗せてある二本の銚子の片方に、工藤が手をのばした。

膳に伏せてある杯を一方の手でとり、銚子から酒を注ぐ。

それを見て、辰造が銚子と杯を手に取った。

なみなみと杯に酒を注ぐ。

半九郎も、辰造にならった。

杯を傾けて、工藤が一気に酒を呑みほした。

まけじと辰造も杯を空にする。

杯に口をつけた半九郎が、ちびりと口に含んだ。

再び杯に酒を注ぎながら、工藤が話しかけてきた。

「さて、どういうやり方をとれば、辰造親分と仲良くなれるかな」

にやり、として辰造が応じた。

「その口ぶりだと、金を払う気にはなったようだな」

傾けていた杯を口から離して、工藤が応えた。

「さすがに親分、わかりが早い。ただ、こちらとしては、月々手当を払うのは厭《いや》だ。毎月、決まった金高の金が出て行くのは、実入りの高の上下が激しい売掛屋としては避けたい。売掛金を買い取る取引の数は、月によって変化があるからな」

杯を口に運びながら、辰造がいった。

「おれとしちゃあ、月々手当をいただくほうが嬉しいけどね。清水《きよみず》の舞台から飛び降りた気になって、月々の手当を払うことにしたらどうだね」

渋面をつくって工藤が応えた。

「大倉屋としては、月々決められた金高を払い出すことは、大変な負担になる。さっきもいったが、売掛金を買ってくれと頼みにくる相手の数が毎月違う。いままで最も少ない月は、商いが一件だけということもあった。奉公人の給金は、いままで貯めた儲《もう》けを切り崩して払わざるを得ないが、それ以外の払いを増やすことは、とても無理だ。無理なことはしたくない。わかるだろう、親分」

「そういわれても、月々、手当をもらいたいんだよ。なんとか、ふんばってもらいたいね」

みょうにねちっこい辰造の物言いだった。

しらけた顔つきで工藤が告げた。

「こちらにも譲れない事情があるんだよ。わかってもらいたいな」

同じような話が、ことばを変えて、何度も繰り返された。

ちびりちびり、と舐めるようにして酒を呑んでいる半九郎と違って、工藤も辰造も、ぐいぐいと酒をあおり、丸盆の上に横に倒して置かれた空になった銚子は、いまでは十数本にも達していた。

正直いって半九郎は驚いていた。

これだけ呑んでいるのに、ふたりとも、多少声は大きくなったが呂律《ろれつ》が回らなくなることはなかった。

半刻〈一時間〉ほど、工藤も辰造も、ともに自分の言い分を変えなかった。

ふたりが落としどころを探っているのは明らかだった。

そんなふたりの駆け引きを、半九郎は呆れて眺めている。

このままでは、話がつかない、と判断したのか、辰造が折れて出た。

「月々の手当を払うのが、どうしても厭なら、おれが摑んだ話ごと買い取ってもらう、ということでかまわないぜ。ただし、一回でも買い取らなかった場合は、瓦版屋に話を売って、読売に書いてもらう。それで恨みっこなしということにしようや」

　しげしげと辰造を見つめて、工藤がいった。

「あくどいねえ、辰造親分は。それじゃ、持ち込まれた話の種を、買わざるをえなくなるじゃないか」

　にんまりして、辰造が応えた。

「厭かい」

　うむ、と唸って工藤が腕組みをした。

　探る目で、辰造が工藤を見つめている。

　もう一度唸った工藤が、顔を上げていった。

「それで手を打とう」

「よし、話が決まった」

　にんまり、とほくそ笑んで辰造が訊いた。

「お近づきの挨拶がわりに、これから、酒宴を派手に盛り上げてくれるんだろうな」

「いわずもがな、だ」

　にやりとした工藤が、数度大きく手を打って、声高に呼びかけた。

「酒と肴を運んでくれ。芸者衆も頼む」

「すぐにととのえます」

待機していたのか、廊下側から男衆の声が上がった。

半九郎は、半ば呆れて工藤と辰造を眺めている。

あまりにも、あっけなく終わったふたりの芝居がかった話し合いに、おおいに違和感を感じていた。

四

「呑み過ぎた。とても住まいまで帰り着けない。目がまわって畳が揺れている。今夜は美坂に泊めてもらう。ここで失礼する」

お開きにしよう、と自分からいいだしたにもかかわらず、工藤は酒宴をした座敷から動こうとはしなかった。

呂律もかなりおかしくなっている。

口がまわらなくなっているのは辰造も同様だった。

「見かけによらず弱いんだな。おれたちは引き上げる。またな」

上機嫌で工藤に別れを告げ、半九郎を振り向いて、ことばを継いだ。

「行こうか」

笑みを向けて、半九郎が無言でうなずいた。

建ちならぶ茶屋や局見世《つぼねみせ》の明かりが、後方にある山下一帯の空に映えている。さして隔たりがあるともおもえないのに、あたりはすっかり夜の闇に包まれて、寝静まっていた。

千鳥足で歩きながら、辰造が半九郎に話しかけてきた。

「まあ、あんなものだろう。当分の間、聞き込んだ噂を大倉屋に買い取ってもらいながら、おいおい月々の手当に切り替えさせよう」

大きな欠伸《あくび》をした辰造が、ことばを継いだ。

「まあまあの首尾といったところかな」

得意げに鼻を鳴らした辰造に、半九郎がそっけなく応えた。

「そうかな」

「そうかな？」

気分を害したのか、顔をしかめて辰造がいった。

「半九郎さん、おれがやったことが、あまり気に入っていないようだね」

「気づかなかったのか」

「気づかなかった？　何のことだい」

「工藤の襟元が、酒で濡れていた。工藤は酔っていない。いや、酔うはずがない。工藤はかなりの量の酒を小袖に呑ませていたのだ」

せせら笑って辰造がいった。

「半九郎さん、それはないよ。工藤はへべれけだった。呂律がまわっていなかったし、それに気分が悪いから、美坂に泊まるといっていたじゃないか。酔ってたんだよ」

そのことばには応じず、半九郎が告げた。

「辰造親分、そろそろくるぞ」

「そろそろくるだって、何をいってるんだ。何がくるっていうんだよ」

「きた」

半九郎が大刀の鯉口を切るのと、駆け寄ってくる、入り乱れた複数の足音が聞こえるのが、ほとんど同時だった。

「親分、建屋を背にしろ」

「わかった」

少し酔いが覚めたのか、多少まともな喋りで応えた辰造が、あわてて建屋に駆け寄った。

建屋を背にした辰造をかばって、半九郎が告げた。

「親分、あまり動くなよ。おれは、ここをできるだけ動かずに斬り合う」

「おれだって戦えるぜ。これでも十手持ちだ」

帯にさしていた十手を引き抜いた辰造が、へっぴり腰で構える。

駆け寄ってきた十人余りの浪人が、半九郎たちを半円状に取り囲んで、大刀を抜き連れた。

大刀を抜き、右下段に構えて半九郎が問いかける。

「誰の差し金だ。工藤か」

小馬鹿にしたような笑みを浮かべて、頭格とおもわれる浪人が吠えた。

「問答無用。死ね」

そのことばを合図代わりに左右から浪人が斬りかかった。

左手から斬りかかった浪人の刀に、半九郎が振り上げた大刀を叩きつけた。

その瞬間、浪人の刀はたかだかと撥ね上げられ、あまりの衝撃に痺《しび》れたのか、浪人が両手をだらりとさげて、膝をついた。

わずかに身を躱《かわ》した半九郎は、左八双の位置で止めた大刀を振り下ろした。右から斬りかかった浪人の刀を押さえこみながら刀身を滑らせ、切っ先を撥ね上げるようにして浪人の右の手首を斬り裂く。

大刀を落とし、右手首から血を滴らせながら、激痛に浪人が膝をついた。

瞬《また》く間の、半九郎の手練の早業だった。

あまりの太刀捌《さば》きの速さに、半九郎に斬りかかろうとしていた浪人ふたりが、動きを止め、瞬時に後退《あとじさ》った。

再び右下段に構えて、半九郎が声をかける。

「かかってこい。ひとりずつ始末してやる。ただし、今度は腕か足かを、一本ずつ斬り落とす。容赦はせぬ」

ゆっくりと、半九郎が浪人たちに目を走らせた。

視線があった浪人が、半歩後ろへ下がる。

頭格を見据えて、半九郎が告げた。

「どうする。おれはかかってくるのを待つだけだ。明け方まで付き合ってやってもいいぞ」

背後で、辰造がわめいた。

「こいつらと明け方までつきあうなんて、あっしは御免こうむりますぜ」

不敵な笑みを浮かべて、半九郎が辰造に声をかけた。

「親分、呼子《よぶこ》を持っているか」

「これでも十手持ちだ。呼子は、いつも持ち歩いてまさあ」

「なら、呼子を吹いてくれ。ここにいるお歴々は、呼子の音色を聞いたら、あっさりと引き上げてくれるかもしれないぞ」

「試してみるか」

懐《ふところ》から呼子を取り出した辰造が、口に当てた。

けたたましく呼子が鳴り響く。

舌打ちをした頭格が、

「まずい。引き上げるぞ。怪我人に誰か手を貸してやれ」

浪人数人が、手首を押さえてうずくまる浪人と、まだ痺れがとれないのか、しゃがみ込んでいる浪人に駆け寄った。

両脇から抱え上げるようにして、引き上げていく。

地面に突き立った刀を抜き取った半九郎が、

「忘れ物だ」

と、刀を構えたまま後ずさる浪人たちに向かって投げつける。

地面に落ちて転がった刀を、浪人のひとりが走り寄り拾い上げた。

一飛びして半九郎が斬りつけても、刃が届かないほどの隔たりに達した、と判じたのか、浪人たちが、半九郎に背中を向けて走り去っていく。

そんな浪人たちを見て、辰造が半九郎に歩み寄った。

「強いね、半九郎さん。惚れ惚れしたよ」

下段に構えたまま、半九郎がいった。

「まだ、ひとり残っている」

驚いた辰造が、あわててぐるりを見渡した。

「まだひとり残っている？　どこにいるんだ」

焦って辰造が視線を走らせる。

浪人たちが陣形をととのえかけたとき、一瞬、半九郎は凄まじい殺気を感じ取っていた。浪人たちがどのような陣形をとるか見極めようとした敵が、動きに気をとられて、それまで気配を消すことに注いでいた気をゆるめたのだろう。

数軒先の町家へ向かって、半九郎が声をかけた。

「山下のほうから吹いてくる風だ。酒の臭いを、風が運んでくるぞ。諦《あきら》めて立ち去ったらどうだ」

あえて半九郎は、気配を察していた、とはいわなかった。気配を察した方に気を集中したとき、かすかに酒の臭いがしたように感じた。が、半九郎は、わずかに吹いてくる風向きを利用して、はっきり臭いを嗅いだように振る舞ったのだった。

返答はなかった。

剣の達者なら、おもうがままに気配を消すことができる。が、身に染みついた臭いはままならない。

臭いがすると告げたら、敵は、自ら引き上げざるをえないはずだとふんだ半九郎の駆け引きであった。

半九郎は、じっと町家のほうを見つめている。

しばしの沈黙が流れた。

ややあって、半九郎がつぶやいた。

「気配が消えた」

同時に酒の臭いも薄らいでいた。

前方を見据えたまま、半九郎が鍔音《つばおと》高く大刀を鞘におさめた。

「工藤が差し向けた刺客《しかく》。おれはそう見立てる」

半九郎のことばに辰造がうなずいた。

「相手が悪すぎる。当分の間、様子をみたほうがよさそうだ。命あっての物種だからな」

「おれに異存はない」

応えた半九郎は、

（工藤のやり方がはっきりと見えてきた。おそらく大倉屋を殺した下手人は、工藤だろう）

と、胸中でつぶやいていた。

振り向いて辰造にいった。

「家まで送ろう」

「住まいまで送ってくれ、と頼もうとおもっていたところだ。行くよ」

歩き出した辰造に釣られて、半九郎も足を踏み出した。

五

翌日昼過ぎ、お葉の髪を結い終え、髪結いの道具を入れた鬢盥《びんだらい》を下げて引き上げるお葉が、表戸を開けようと手をのばしたとき、突然、外から表戸が開けられた。

驚いたお仲の目に、入ってくる工藤の姿が飛び込んできた。

ぶつかりそうになって、お葉があわてて躰をずらす。

ちらり、とお仲に目を向けただけで、工藤が板敷の上がり端に足をかけた。

会釈したお仲が、開けっぱなしの表戸から出て行こうとして足を止めた。

背中に強い視線を感じたからだった。

振り返ると、板敷の上がり端に工藤が仁王立ちして、お仲を見据えている。

驚いたお仲は、息を呑んで棒立ちとなった。

が、それも一瞬……。

我に返ったお仲は、頭を下げ、あわてて表へ飛び出した。

表戸を閉めた瞬間、お仲は大きく息を吐いた。

逃げるように小走りで木戸門へ向かった。

いきなり開けられた襖《ふすま》に、手鏡を手に、結い上げた髷《まげ》の仕上がり具合をあらためていたお葉が振り向いた。

「何だ、平さんか。声もかけないで、びっくりするじゃないか」

後ろ手で襖を閉めた工藤が、お葉の前に座った。

じっと、お葉を見つめる。

「何だよ、怖い顔してさ」

真顔で訊いたお葉に、工藤が問い返した。

「いま帰っていった女は、何者だ」

「廻り髪結いのお仲さんだよ。ものすごく手先が器用でね。あの人に結ってもらうと髷の崩れが少ないんだよ」

しなをつくって、お葉が髷に触ってみせた。

厳しい表情を崩すことなく工藤がいった。

「あの女はお駒と一緒に歩いていた。すれ違うとき、お駒は、おれの顔をじっと見ていた。お駒はおれとおまえの、昔からのつながりを知っている」

「それがどうしたのさ」

訊いてきたお葉に、呆れた口調で工藤が応じた。

「わからぬのか。名前をいうのも業腹《ごうはら》だから、あえて名はいわぬが、おれは高利貸しの番頭だったあの男の用心棒だった。おごるから、先生の好きなところへ呑みに行こう、と番頭野郎がいうんで、いきつけの茶屋に行って、おれは馴染みのお葉、おまえを呼んだ。おまえに一目惚れしてのぼせあがった番頭が、おまえを落籍、身請けして女房にしたい、といいだした」

ふっ、鼻先でわらって、お葉が吐き捨てた。

「あたしも名を呼びたくないから番頭というよ。あの番頭の気まぐれのおかげで、あたしは、とんでもないことになっちまった。死んでくれて、ほっとしているよ」

ふてぶしい笑みを浮かべて工藤がいった。

「もう少しの辛抱だ。これからはいいおもいができる」

「ほんとかい」

「ほんとだ。番頭がおまえを身請けして女房にしたいといい出したとき、おれがおもいついたのが、番頭に金を出させ、おれが考えていた売掛屋の商いをやらせる。商いがうまくいったところで、番頭野郎を殺して店を、大倉屋を乗っ取るという策だった」

遠くを見るような目つきで、お葉がいった。

「平さんからその企みを聞かされたときのことは、いまでも憶えているよ。この人は何を考えているんだろう。あたしが、これほど入れあげてつくしているのに、何て強欲なんだろう。それも」

「わかっている。お葉のおもいは何度も聞いた」

うんざりしたような工藤を見つめて。お葉がいった。

「何度でもいわせてもらうよ。自分の欲を満たすために、あたしを他の男の女房にして、抱かせようというんだからね。ほんとに身震いしたよ」

じっとお葉を見つめて、工藤が告げた。

「辛いのは、おれも同じだった。しかし、おれは必死だったんだ。貧乏暮らしは厭だ。何としても金が欲しかった。それも、手抜きしないで、ちゃんとやっていれば、ずっと入りつづける金をな」

いきなり、お葉がにじりよって工藤の胸に顔を埋めた。

「あたしは、平さんを失いたくなかった。だから、平さんのいうことをきいたんだ」

無言で工藤が、お葉の肩に手をまわした。

うわごとのようにお葉がつづけた。

「平さんにいわれるままに、番頭に大倉屋をつくって独り立ちすることを約束させて身請けされたんだ。あたしがあの糞野郎《くそ》に書いた〈売掛屋稼業の大倉屋という屋号の店をつくり、店開きしたのを見届けたら、あんたの落籍、身請けしたいとの申し出を受け入れる〉旨《むね》を記した誓文を、いまでも大事にしまってあるよ。平さん」

さらに強くしがみついて、お葉がことばを継いだ。

「大倉屋を、平さんが殺してくれた。やっと目的を果たせたんだ。もう何の心配もないんだね。あたしたちは、いますぐにでも夫婦になれる。そうだろう。そうなんだよね」

顎をつかんでお葉の顔を仰向かせ、工藤が話しかけた。

「ずっと大倉屋を殺す機会を窺《うかが》っていた。みょうに生真面目で、商いの邪魔になる長吉が、商いのやり方で大倉屋と揉めて、取っ組み合いになった。柱に頭の後ろをぶつけて大倉屋が気を失った。おれは絶好の機会が到来したとおもった」

「あたしもそうおもったよ」

「動揺している長吉に『頭を冷やせ』といって、おれの家に行かせた。その後おれは、気絶したままの大倉屋の頭の後ろを何度も柱にぶつけて殺した」

「見ていて、気持ちよかったよ。これで、こいつに抱かれなくてすむとおもったら、嬉しくて拍手したくなった」

「端から長吉を大倉屋殺しの下手人に仕立て上げる気でいた。だから、すぐに拷問する火盗改に長吉の身柄を渡したんだ。が、まだ長吉は生きている。拷問にかけられても、大倉屋殺しを認めていない。責め殺されるまで、もう少し時がかかる。岩松と竹八に、手柄を焦っている火盗改の同心をたきつけて、早く始末をつけさせろ、と尻をたたいているのだが、もう少しかかりそうだ。それまでは慎重にことを運ばねばならぬ」

「そうするよ。あたしゃ平さんに命がけで惚れているんだ」

顎をつかんだまま、工藤がお葉にいった。

「お葉、いいな。お駒の知り合いの、あの廻り髪結いを呼んではならぬ。わかったな」

「わかったよ。そうする。いまは誰もいないし、もうしばらく、このまま平さんの胸のなかで甘えさせておくれ」

「お葉」

工藤が、つかんでいたお葉の顎から手を離した。

「平さん、好きだよ、惚れているんだよ」

しがみついたお葉が、工藤の首に手をまわして、寄せられるだけ躰を寄せた。

工藤は、お葉がするがままにまかせている。

六

下城するなり大岡は吉野を呼びだした。

用部屋に出向いて、吉野が問いかけた。

「吉野です。昨日の件でございますか」

控えた吉野に、大岡が告げた。

「これより忍びで火盗改の役宅へ向かう。供をせい」

「承知いたしました」

両手をついて吉野が頭を下げた。

一刻（二時間）後、大岡は吉野とともに火盗改の役宅で、火付盗賊改役の山川安左衛門と話し合っていた。

突然の忍びの来訪に、訝しげな山川に大岡が告げた。

「与力ひとりを連れての、前触れなしの忍びの訪れ、さぞや戸惑っておられることとおもう。余計なことは抜きにして、単刀直入に話させてもらう。山川殿には、貴殿配下の同心が、大倉屋の主人殺しの疑いで、長吉という町人を捕らえて入牢させ、拷問して取り調べていること、ご存知か」

「知りませぬ。それはまことでございますか」

「まことだ。ここに控える与力吉野に、長吉の存じ寄りから知らせがあり、当方にて密かに調べてわかったことだ」

渋面をつくって山川がいった。

「それは明らかに先走った動き。その同心は、まず長吉に白状させて、その後、町奉行所へ送れば、ことは荒立たぬと考えているのであろうが、万が一」

口をはさんで、そのことばを大岡が引き継いだ。

「万が一、拷問が過ぎて、責め殺したりしたら、明らかに役務の管轄を侵《おか》していることを承知の上でやって、取り返しのつかぬ事態に立ち至った大しくじりの所行。ことが表沙汰になれば、その同心は必ず咎《とが》められる」

「たしかに」

応えて、一瞬黙り込んだ山川が、

「誰かおらぬか。飯田を呼べ」

廊下へ向かって声をかけた。

「直ちに」

廊下に控えていたのか、配下の者が応え、立ち去る足音が聞こえた。

顔を大岡に向けて、山川が話しかけた。

「飯田は筆頭与力、長吉なる町人のことは知っているでしょう」

「なら飯田に問い質してみよう」

そう大岡が応じたとき、廊下を走りくる足音が聞こえた。

足音が途絶え、戸襖越しに声がかけられた。

「飯田です」

「入れ」

返答した安川に応じるように戸襖が開けられ、飯田が入ってきた。

戸襖を閉め、向き直った飯田に山川が告げた。

「南町奉行の大岡様だ。お忍びでの訪れだ」

戸襖のそばに控えた飯田が、驚愕の表情を浮かべた。

平伏して応えた。

「長吉の件でございますか」

「知っていたのか、飯田は。なぜ、わしに報告しないのだ」

咎める口調で山川が訊いた。

さらに飯田が低頭した。

「申し訳ありませぬ。配下の同心に心得違いの者がおりまして、管轄違いの事件に手を出しました。どう処置するか迷っているうちに時が過ぎてしまいました」

すかさず大岡が声をかけた。

「なら、今日のうちでも、ひそかに長吉を南町奉行所に移送してもらおう。以後の調べは南町奉行所でとりかかる」

「それが」

顔を上げた飯田の顔に困惑があった。

「それが、どうした」

たたみ込むように大岡が訊いた。

「それが、いま長吉は拷問が過ぎて身動きできぬ有様。歩くことは、とてもかないませぬ」

突然、山川が怒鳴った。

「馬鹿者。越権の動きを咎めることなく、内々ですまそうとしておいでくださった大岡様に無礼であろう。長吉を駕籠に乗せて、ひそかに移送するのだ」

「はっ」

と応えた飯田が肩をすぼめ、這いつくばるようにして頭を下げた。

大岡が告げた。

「南町奉行所における、長吉の受け取りにかかわる諸事万端は、この吉野がすべて心得ている」

目を向けて、ことばを重ねた。

「よいな、吉野」

「はっ」

と応じた吉野が飯田に、

「南町奉行所に到着されたら門番に、吉野を呼び出してくれ、と申しつけてください。今日、たとえ日をまたごうとも、拙者、奉行所に詰めて、長吉の身柄を受け取るまで待っております」

あわてて飯田が応じた。

「直ちに、いますぐ手配しますので、日をまたぐなど、そのようなことはありませぬ。なにとぞ、よしなに」

「こちらこそ、お願い申す」

応じた吉野から山川に目を移し、大岡が訊いた。

「越権の探索を為《な》した同心、いかがなされるつもりか」

即座に山川が応えた。

「御役御免にいたす所存。表沙汰になれば閉門蟄居《ちっきょ》もありうるしくじり。此度《こたび》は、配下の動きに目が届かなかった私にも責任がある。なにとぞ、御役御免ということで御勘弁願いたい。武士の情けでござる」

深々と頭を下げた山川に大岡が告げた。

「山川殿の裁量におまかせいたす。ただ、拷問にかけ、町人ひとりの命をもてあそんだ罪は償《つぐな》わせねばならぬ。よろしいな」

念を押した大岡に、

「委細承知つかまつった」

再び山川が深々と頭を下げた。

「話はすんだ。引き上げるぞ」

「はっ」

短く応じて、吉野が顎を引いた。

七

その日の夕方、血相を変えた岩松と竹八が大倉屋にやってきた。

その顔つきから、

(ただごとではない)

と察した工藤は、ふたりを工藤の控えの間に通した。

部屋に入り向き合って座るなり、工藤が問いかけた。

「何事だ」

顔をしかめて岩松が応じた。

「大変だ。長吉の取り調べができなくなった」

「できなくなった？　どういうことだ」

「わけがわからねえ。ただ、上からいわれたとだけ、小柳の旦那はいっていた。小柳の旦那は、しばらくの間、探索の務めからはずされるようだ。下手すると御役御免になるかもしれない、とがっくりしていた」

「小柳さんが探索の務めからはずされ、御役御免になるかもしれない、というのか。それは」

といったきり工藤は黙り込んだ。

（いったい何が起こったんだ）

持てる知恵を振り絞って、工藤は考えつづけた。

が、思案しても、事態が急変した理由はわからなかった。

（いまやらねばならぬことは何だ）

と自分に問いかけてみる。

まず、おれが、

「長吉が大倉屋の主人を殺した。主人殺しの罪を犯した長吉を、火盗改で捕らえてくれ」

と申し入れた相手、岩松と竹八の口を封じねばならぬ。が、いま殺すわけにはいかぬ。こいつらの骸《むくろ》が見つかったら、おれが疑われるおそれがある。しばらくの間、遠くへ行ってもらうしか手はないか。そう決めた工藤は、ふたりを見やった。

「何か小柳さんにとって、都合が悪いことが起こったことだけはたしかだ。岩松、竹八、ひょっとしたら他のことで小柳さんがしくじったのかもしれぬ。こころあたりはないか」

ふたりが顔を見合わせて、首を捻った。様子からみて、おもいあたるようなことはないのだろう。

「何とかして、岩松たちを旅に出さねばならぬ。でないと、おれに疑いがかかるかもしれない」

工藤が、岩松と竹八を見つめて声をかけた。

「別のことで小柳さんがしくじっていたとしたら、おまえたちが巻き添えをくうこともあり得る。足下が明るいうちに消えたほうがいいのではないか」

一瞬、驚愕に口をあんぐりとあけて、

「それは大変だ」

「消えるといっても金はないし、どうしよう」

相次いで岩松と竹八が声を上げた。

ふたりが不安にかられているのは明らかだった。

もう一押しだ。そう判じて工藤が告げた。

「ふたりに、それぞれ二十両ずつ渡す。しばらく、ほとぼりをさましてこい。後のことは、おれが何とかする」

「ほんとですかい」

「二十両もいただけるんで」

岩松と竹八が、再び顔を見合わせた。

「旅に出ます」

と岩松がいい、

「あっしもそうしやす」

と竹八が同調した。

「ちょっと待っていろ」

立ち上がった工藤が控えの間から出て行く。

ほどなくして控えの間にもどってきた工藤が、ふたりの前に、それぞれ二十両ずつ置いた。

「すぐ旅に出るんだ、いいな」

「わかりやした」

「ありがたく頂戴します」

岩松と竹八が、それぞれ二十両を手にとった。

懐から巾着を取り出し、二十両を押し込む。

写し絵を見るような、ふたりの振る舞いだった。

そんなふたりを、工藤が凝然と見つめている。

第七章　商人の元値

一

大倉屋を出た岩松と竹八は、それぞれ二十両が巾着《きんちゃく》に入っているというのに、どうにもすっきりしない気分だった。

歩きながら竹八が岩松に話しかけた。

「岩松の兄貴、工藤の旦那は、旅に出ろというが、どこに行けばいいのか、おれにはさっぱり見当がつかねえ。どうしよう」

「四谷《よつや》の大木戸《おおきど》を一歩出れば、江戸所払いの裁《さば》きを言い渡された科人《とがにん》が住んでも咎《とが》められない土地だ。ましてやおれたちは、いやしくも火盗改の同心の手先で、昔はともかく、いまは真っ白な躰《からだ》だ。工藤の旦那はああいうが、小柳の旦那がどうなるか見届けた上で、どこにふけるか考えればいいことだ。それより」

卑《いや》しい笑いを浮かべて岩松がつづけた。

「いまのところ、どこにも行く気がないのに、行きがけの駄賃といっちゃなんだが、おれはどうにもお千代を諦《あきら》めきれない。おもいきって一勝負するか、という気になってるんだ」

「一勝負って、いったい何をするつもりなんだよ」

訊いてきた竹八に、せせら笑って岩松が応えた。

「おれたちが長吉の取り調べからはずされたことを、お千代は知らねえ。知られる前に、長吉の取り調べがこれ以上厳しくならないように仕向けるから、おれのものになってくれ、と持ちかけ、近くの出合茶屋に連れ込んでさんざん弄《もてあそ》び、飽きたら内藤新宿《ないとうしんじゅく》あたりの宿場女郎にでも売り飛ばそうと目論《もくろ》んでいるのさ」

「兄貴は、いつもやり口があくどいねえ。だから好きだよ。兄貴が飽きてからでいいから、おれにもお千代を味見させてくれよ。いいだろう」

「ああ。おれとおまえは腐れ縁のつながりだ。おれが飽きたら、竹八の気がすむまでお千代の躰を楽しめばいいさ」

「小柳の旦那からお呼びがかかるまで、おれの長屋に連れ込んで楽しむか」

にんまりした竹八に、岩松が水を差した。

「もっとも、おれがお千代に飽きるまで、何年かかるかわからねえがな」

舌を鳴らして、竹八が苦笑いをした。

「兄貴はいつも、これだ。人を嬉しがらせておいて、最後にうっちゃりをくわせてくる。罪だぜ、ほんとに」

厭味《いやみ》な笑いを浮かべて、岩松がいった。

「そんなおれが嫌いだったら、いつでも離れてくれていいんだぜ。おれはひとりでやっていけるからな」

恨《うら》めしそうな上目遣いで岩松を見やって、竹八がいった。

「そんなことをいわないでくれよ。おれは兄貴のそばにいたいんだよ。ひとりで渡るより、兄貴と一緒にいるほうが何かといいおもいができると、心底おもっているんだ。腐れ縁だ。これからも面倒見てくれよ」

「わかってりゃいいんだよ。これからもふたりつるんで、いいおもいをしていこうや」

「頼りにしてるぜ、兄貴」

それには応えず、岩松が声をかけた。

「さて、お千代のところへ向かうか。誘いだすための大事な仕掛け、うまく運べば明日はお千代を、おれのものにできる。張り切っていくぜ」

足を速めた岩松を、

「待ってくれよ。勝負する前に疲れてしまうぜ」

軽口をたたきながら、竹八が追った。


蛇骨長屋に夜の帳《とばり》が降りている。

夕飯を食べ終え、後片付けをしているところに押しかけてきた岩松と竹八に、お杉とお千代は身を固くして躰を寄せ合っていた。

いままでは長吉が帰ってくるまで、つっかい棒をかけずにいた。

その習慣が抜けずにいたことが仇《あだ》となった。

いきなり表戸を開けて、ずかずかと入り込んできた岩松と竹八に、箱膳を洗っていたお千代は、あわてて洗い物を桶《おけ》に放り込み、お杉のそばに駆け寄ったのだった。

怯《おび》えているお杉とお千代を、獲物を狙う獰猛《どうもう》な獣のような目つきで見据えたまま、岩松が竹八に声をかけた。

「竹八、表戸を閉めな」

うなずいて、竹八が閉めて訊いた。

「つっかい棒をかけるかい」

「それには及ばねえ。話をするだけだ。ただし、人に聞かれちゃまずい話だ。外を向いて見張っていろ。人が近づいてくる気配がしたら知らせるんだ」

「わかった」

応えた竹八が躰の向きを変えた。

仁王立ちした岩松が、お千代に声をかけた。

「今日も、長吉を拷問してきた。長吉は息も絶え絶えだったぜ」

「長吉は、長吉は、まだ大丈夫なのかい」

おもわず声を高めたお杉を、岩松が手を上げて制した。

「大きな声を出すんじゃねえ。親切でやってきたんだぜ。人に聞かれたら、裏の取引もできなくなるじゃねえか」

「裏の取引？　何のことだい」

顔を歪《ゆが》めて、お杉が訊いた。

「長吉の取り調べをやっているおれたちだ。いっている意味はわかるな」

「わかります」

かすれた声でお杉が応えた。

追い詰められた面持ちで、お千代もうなずく。

じっとふたりを見つめて、岩松が声を潜《ひそ》めた。

「これから先は、内緒の話だ。おれたちは、長吉の拷問を止めさせることができる。火盗改の旦那に、これ以上やったら、死ぬかもしれねえ。人殺しには付き合えねえといって、拷問をさせないように仕向けることができるんだ」

「そうしてくれませんか」

「兄ちゃんをたすけて」

ほとんど同時に、お杉とお千代が声を上げた。

してやったり、とふてぶてしい笑いを浮かべて岩松が話しかけた。

「たすけてやってもいい。ただし、おれが動くことにたいしての見返りが欲しい」

「見返り？　どんなことです」

「まさか」

相次いでお千代とお杉が声を上げ、顔を見合わせた。

いまにも舌舐《したな》めずりしそうな様子で、岩松がいった。

「いつもいってるだろう。魚心あれば水心、だと。おれは、お千代ちゃんに優しくしてもらいたいんだよ。明日、昼七つごろ、顔を出す。お千代ちゃんが、おれに優しくしくしたい気持ちになっているかどうか、そのときに見極める。優しくしてくれて、おれのいうことをきいてくれるのなら、おれは躰を張って、長吉への拷問を止めさせる。いま、返事をしろとはいわない。今夜は、これで引き上げさせてもらうよ」

「そんなことをいわれても」

「あたし、どうしたらいいか」

いいかけたお杉とお千代を顔の前で手を横に振って制し、岩松が告げた。

「いまここで、四の五のいっても仕方がない。明日にしよう」

ふたりに背中を向けて、岩松が竹八に声をかけた。

「帰るぜ」

「あいよ」

表戸をあけた竹八の傍《かたわ》らを岩松が通って、外へ出た。竹八がつづいて出て、戸が閉められる。

躰を寄せ合ったお杉とお千代が、不安げな面持ちで表戸を見つめている。

遠慮がちに表戸を叩く音に、行灯《あんどん》のそばで本を読んでいた半九郎が顔を向けた。叩く音は、間断なくつづいている。

立ち上がった半九郎が、表戸へ向かった。

表戸ごしに声をかける。

「どなたかな」

しのびやかな声が返ってきた。

「お千代です」

つっかい棒をはずして半九郎が表戸を開ける。

おもいつめた面持ちでお千代が立っていた。

「どうした」

「おっ母さんと一緒に相談したいことがあるんです。家にきてもらえますか」

「いいよ。行灯の火を消してくる。人目に立つ。なかに入って待っていてくれ」

「わかりました」

なかにお千代が入ってきたのを見届けて、半九郎が座敷へ向かった。

半九郎がお杉母子の住まいにやってきて、小半刻（三十分）ほど過ぎ去っていた。

夜になって、突然岩松たちがやってきて、今日も長吉が拷問にあって息も絶え絶えになっていること、お千代が岩松のいうことをきいたら躰を張っても長吉への拷問を止めさせるといってきたことなどをお杉たちから聞いた半九郎は、

「さて、どうしたものか」

とつぶやいて、黙り込んだ。

その場を、かなりの間、沈黙が支配している。

縋《すが》るような眼差しで、お杉とお千代が半九郎を見つめている。

とる策が決まったのか、うむ、とうなずいて半九郎が口を開いた。

「ふたりに訊きたい。おれのことを信頼して、いうことをきいてくれるか」

おもってもいなかった問いかけに呆気にとられて、お杉とお千代がおもわず顔を見合わせた。

「どうだ」

念を押した半九郎に、お杉が応じた。

「信頼するも何も、相談に乗ってもらえる人は、秋月さんしかいません」

肩寄せ合って座っているお千代も、黙ってうなずいた。

「これしか策はない。お千代さんに一芝居打ってもらうしか手はない」

告げた半九郎にお千代が問いかけた。

「あたしが一芝居打つとは」

「明日、岩松たちのいいなりに動くのだ。おれが、南天堂とふたりでお千代ちゃんや岩松たちの跡をつけ、お千代ちゃんの身に危険が及ぶ前に必ず助け出す。信用してくれるか」

おもい詰めた表情でお千代が問いを重ねた。

「そうすれば兄ちゃんは、拷問されずにすむのですか」

「大丈夫だ。岩松たちの動きを封じれば、火盗改の同心も動きにくくなる。拷問はしにくくなる。おれが、火盗改に談判しにいく」

穏やかだが、半九郎の声音には強い意志が籠もっていた。

「やります。兄ちゃんをたすけるために、あたし、やってみます」

覚悟を決めたお千代に、お杉が涙声でいった。

「お千代、すまないね。ほんとに、お千代」

「おっ母さん」

抱き合ったふたりを、半九郎が黙然と見つめている。

二

自分の住まいに引き上げてきた半九郎は、懐紙をとりだし、矢立から筆を抜きとった。

明日、岩松と竹八を捕らえて自身番へ運び込み、吉野に引き渡さなければいけない。

そのためには、吉野に自身番まで足を運んでもらわなければならなかった。

〈この文を書き記したのは夜五つ過ぎ。日をまたいだ夕七つ過ぎより田原町《たわらまち》自身番にてお待ちいただきたく、切に願い上げます。例の一件にかんして引き渡したきものあり　秋〉

と懐紙に書き記す。

出かける支度をととのえた半九郎は、墨のかわいた懐紙を懐に入れ、八丁堀の吉野の屋敷へ向かって歩みをすすめた。

八丁堀へ行く途中で拾った石を、つなぎ文を記した懐紙に包んだ半九郎は、吉野の屋敷内の塀際に立つ樅の木の根元へ向かって投げ入れた。
すでに深更、あたりに人の気配はなかった。
念を入れた半九郎は、さらに気配を探りながら周囲を見渡した。
気に触るものは、何ひとつ感じなかった。
吉野の屋敷に背を向けた半九郎は、蛇骨長屋へ帰るべく足を踏み出した。

住まいの表戸には、つっかい棒がかかっていた。
南天堂がなかで待っているときは、つっかい棒をかけない。
(おそらくお仲だろう)
そう判じた半九郎は、表戸を軽く揺すった。
気づいたのか、土間に降り立つ足音がして、つっかい棒が外される音がした。
なかから表戸が開けられ、お仲が顔を覗かせる。
「話はなかで」
小声でいった半九郎に、お仲が無言でうなずいた。
行灯に明かりが点《とも》っている。

大小二刀を壁際に置いた半九郎が、お仲を振り返った。

向き合ったお仲に、半九郎が話しかけた。

「何があったのだ」

「実は、お駒姐《ねえ》さんから急な呼び出しがあっていってみたら、お葉さんから預かった結び文を届けに大倉屋の奉公人がやってきた。結び文には〈都合があって、お仲さんに髪を結ってもらうのを止めにした。そのことをお駒姐さんからつたえてくれ。使い立てして申し訳ないが、お仲さんの住まいを知らないので、姐さんに頼むしかない〉と細かいところは忘れたけど、そんなことが書いてあった」

「その文を読んだのだな」

「読んだよ。『何が気に入らなかったのかね、お葉さんは』とお駒姐さん、首を傾げていたよ」

そこでことばを切って、お仲が申し訳なさそうに半九郎を見つめた。

「ごめんね。どこでしくじったかわからないけど、役に立てなくなっちゃった」

「気にするな。実は、もう大倉屋がらみのことには、かかわらないでいい、といおうとおもっていたところだ」

目を輝かせて、お仲が声を上げた。

「よかった。長吉さんも近いうちに無罪放免になるんだね。よかった」

「まだわからぬ。御上の動き次第だ。ただ、これ以上悪くはならぬはずだ」

視線を落として、お仲がつぶやいた。

「そうだね、半さんはお役人じゃないから、はっきりとはいえないよね」

「そのとおりだ」

笑みをたたえた半九郎に、お仲がいった。

「帰るよ。明日も朝から髪を結いにまわらなきゃいけない」

「送ろう」

「そうしてもらうと嬉しいな。あたしの家まで道行きだね」

笑いかけたお仲に、

「短すぎる道行きだがな」

軽口を叩いて、半九郎が笑みを返した。

三

翌朝明六つ（午前六時）前、半九郎は火盗改の役宅へ向かった。

いままでと違って、お千代にたいする欲情を剝《む》き出しにして、ことを運ぼうとしている岩松の変化に、岩松たちの周辺で何かが起こったのではないかと推察したからだった。

役宅の物見窓へ向かって、

「同心の大石さんに会いたい。とりついでくれ。拙者《せっしゃ》は秋月半九郎と申す」

声をかけると窓が開けられ、小者が顔を覗かせた。

顔見知りの小者だった。

「またですか。大石さんは昨夜深更過ぎにもどられた。まだお休みかもしれぬ。とりあえず声をかけてみましょう」

いうなり窓が閉められた。

しつこく訪ねてくる半九郎を、迷惑がっているのは明らかだった。

しばらくして、寝惚《ねぼ》け眼《まなこ》をこすりながら大石が潜り口から出てきた。

まだ寝ていたらしく、いつもの羽織袴の姿ではなく、小袖を着流して大小を差しただけの、くつろいだ出で立ちだった。

歩み寄りながら大石が声をかけてきた。

「やけに耳が早いな。どこで聞いたのだ」

呆気にとられて、半九郎が問いかけた。

「何のことだか、おれにはさっぱりわからぬ。何があったのだ」

拍子抜けした大石が、半九郎を見つめた。

「何だ、知らぬのか。実は昨日、お忍びで南町奉行の大岡越前守様が与力ひとりを供に役宅にこられたのだ」

「南町奉行の大岡様が、お忍びで」

胸中で半九郎は、

(供はおそらく吉野さんだろう。吉野さんが、大岡様を説得してくれたのだ。間違いない)

そうつぶやいていた。

あたりをはばかってか、周囲に視線を走らせて大石が小声でいった。

「昨夜、長吉は駕籠《かご》で南町奉行所へ移された。付き添ったのは筆頭与力の飯田様と仲間の同心ふたりだ。大岡様同様、長吉移送も、内々での忍びの動きだ」

「駕籠で運ばれたということは、長吉は拷問されて動けなかったのか」

渋面をつくって大石が応じた。

「一昨夜、探索でおれの帰りが遅くなるのを知って、小柳がひとりで長吉を拷問したのだ。責め立てれば長吉は、必ず大倉屋を殺したことを白状する、どんなことがあっても白状させるとおもって締め上げたが、長吉は『やっていない』の一点張りだった。一刻近くつづいた拷問に、このままつづけば、まだ罪を認めていない、科人と決まった者でもない町人が死ぬかもしれない、と心配した小者が同心の古株に知らせた」

「その古株の同心が、拷問を止めたのだな」

「止めただけではない。小者を走らせて、町医者を呼んで治療させたのだ」

「それで長吉の命がたすかったのだな」

訊いた半九郎に、大石が応えた。

「そうだ」

じっと大石をみつめて半九郎が訊いた。

「いいにくいかもしれぬが、小柳はどうした」

「御頭の決断で、小柳は探索から外された。いまは役宅に残って、書庫部屋に保存してある調べ書の整理を命じられている」

「そうか。一昨夜から昨日にかけて、大きな動きがあったのだな」

「そうだ。あまり役に立てなかったが、とりあえず長吉は、ここにいるより安全なところに移された」

「おれもそうおもう」

そこでことばを切って、半九郎がことばを重ねた。

「いい話を聞いた。礼をいう。さらばだ」

「さらばはないだろう。まだ、木刀での勝負が残っている」

「そうだったな。とりあえず、今日のところはおさらばだ」

「また会おう」

「そのうちにな」

笑みをたたえた半九郎が、大石に背中を向けた。

四

蛇骨長屋に帰ってきた半九郎は、自分の住まいを通り越して隣の表戸の前に立った。

隣には南天堂が住んでいる。

「おれだ。話がある。開けてくれ」

声をかけて表戸に手をかけたら、すんなり開いた。つっかい棒がかかっていなかった。

戸を開けたら、誰もいない。

どこかへ出かけたのかとおもっていたら、後ろから声がかかった。

「半さん」

振り向くと、水を満たした桶を手にして南天堂が立っていた。一方の手に手ぬぐいを下げている。井戸へ水をくみにいったついでに、顔を洗ってきたのだろう。

「朝っぱらから何の用だい。先に入るか、そこをどくか、どちらかにしてくれ。おれが入れない」

「たしかに、そうだ」

応えた半九郎が先になかに入った。

勝手知ったたる他人の家、半九郎はさっさと座敷に上がり込んで胡座《あぐら》をかく。

「ちっとは遠慮っていうものがあってもいいんじゃないか。おれは座敷に上がれとは一言もいってないぜ」

流しに桶を置いて南天堂が座敷に上がってきた。半九郎と向かい合って胡座をかく。

「話とやらを聞こうじゃないか」

「昨夜、岩松と竹八がやってきて、このままじゃ長吉さんが拷問で責め殺されるかもしれない、といいだし、取り調べに手心をくわえてやるかわりに、お千代ちゃんに岩松のいうことを聞け、と迫ったんだ」

「何だって。そんなべらぼうな」

「相談を受けたおれは、ひとつの策をおもいついた。お千代ちゃんに一芝居打ってもらって、岩松のいうことをきくふりをしてもらう。おれと南天堂のふたりで岩松たちの跡をつけて、お千代ちゃんが、あわや、というときに踏み込んで岩松たちをやっつけて、田原町の自身番に突き出す。おれたちが証人だし、お千代ちゃんにもことの経緯《いきさつ》を洗いざらい喋ってもらう」

不安そうに南天堂がいった。

「うまくいくかな。半さんは強いが、おれはからきし駄目だからな」

不敵な笑みを浮かべて、半九郎がいった。

「岩松たちの腕のほどはわかっている。威勢はいいが、それほど手強《てごわ》い相手じゃない。おれにまかせてくれ。南天堂は、準備を手伝ってくれ。それと、岩松たちがやってくるのは七つ過ぎだ。今夜は商いを休まざるをえないだろう」

「お千代ちゃんをたすけるためだ。一日ぐらい休んだって、干上がることはない。それよりおれは、何をやればいい」

「まず、奴らを縛る縄がいる。二本、いや大事をとって四本買ってきてくれ。縄代はおれが払う。岩松がお千代ちゃんをどこに連れ込むか見当がつかないが、そんな遠くにはいかないだろう。大八車を借りれそうなところの見当をつけてきてくれ」

「そう都合よく大八車を借りることができるかどうかわからない。それより駕籠を手配したほうがいい。さいわい、蛇骨長屋には自前で辻駕籠をやっている権太《ごんた》と助吉《すけきち》がいる。ふたりに手を貸してもらおう」

「そうだな」

一瞬、空に目を泳がせた半九郎が、納得したようにうなずいて、南天堂にいった。

「辻駕籠はどこの町中も動いている。おれたちの後からついてきてもらえば、岩松たちも気にしないだろう。権太さんや助吉さんも、一日仕事ができなかったら困るだろう。おれの自腹をきって少し駕籠賃を払おう。南天堂、駕籠賃はできるだけ値切ってきてくれ。少しでも金になれば、同じ蛇骨長屋の住人の難儀だ、権太さんたちも引き受けてくれるだろう」

「わかった。おれの分も、といいたいが、今度の件に半さんを引きずり込んだのはおれだ。とてもいえないよな」

「そのとおりだ。逆に引きずり込まれ賃をもらいたいくらいだよ」

笑みをたたえて半九郎がいった。

「どれ、まだ朝飯も食っていないが、これがほんとの朝飯前の一仕事、権太と助吉に話にいってくるか」

身軽な仕草で南天堂が立ち上がった。

あえて半九郎は、田原町の自身番で吉野が待っていることを南天堂に告げなかった。

たとえ親しい仲であっても、半九郎が草同心であることをさとられてはならない。

草同心は、あくまでも隠密の役務であった。草同心であることを知られたら、その時点で、草同心としての任務を全《まっと》うできなくなる。そのことを半九郎は肝に銘じていた。

いまは、岩松と竹八を吉野に引き渡し、ふたりがお千代を凌辱《りょうじょく》しようとした所行を表沙汰にすることだけを目的とすべきだった。

その科で岩松と竹八が処罰されれば、今後二度とお千代に悪さを仕掛けることはないだろう。そう半九郎は考えていた。

長吉が南町奉行所に移送されたことを、お千代と南天堂に告げれば、岩松たちに対して戦う気持ちが薄らぐに違いない。半九郎はそのことを危惧して、あえてふたりに話さなかった。

敵を倒すときは、後腐れがないように徹底的に屠《ほふ》る。それが半九郎の、草同心としての心得のひとつだった。

表長屋と裏長屋の間にある通り抜けに半九郎と南天堂が身を潜めている。その後ろに辻駕籠が置かれ、そのそばに権太と助吉が裏長屋の外壁に背中をもたれて座っていた。

袂《たもと》から縄を取り出して南天堂がぼやいた。

「一本でもかなり重いな。四本もいらなかった。袂が重くて動きにくい」

それには応えず、お千代の住まいをうかがっていた半九郎が小声で告げた。

「出てきたぞ」

あわてて南天堂が、手にしていた縄を袂に押し込んだ。

駕籠の前と後ろに移動した権太と助吉が、外壁にくっつくようにして身を低くした。

通り抜けに身を潜めている一同が、露地木戸へつづくどぶ板のつらなる通りを見つめている。

やがて、先に立って歩いてくる岩松の姿がみえた。つづいてお千代。しんがりは竹八だった。

三人が露地木戸をくぐり抜けていく。

見届けた半九郎が、権太たちを振り向いた。

「くれぐれもおれと南天堂を見失わないように」

「まかしといてくれ」

権太が応じた。

「行くぞ」

南天堂に声をかけ、半九郎が通り抜けから表へ出た。

息を呑んで顎を引いた南天堂が、緊張のあまり、ぎこちない動きで足を踏み出した。

東本願寺《ひがしほんがんじ》と田原町の間の通りを岩松たちはまっすぐにすすんでいく。

三島門前町《みしまもんぜんちょう》の手前の横道を左へ折れ、数軒先のところにある出合茶屋〈花紫《はなむらさき》〉に入っていった。

つけてきた半九郎と南天堂が走り出す。

花紫に飛び込んだ半九郎と南天堂に気づいて、仲居が出てきた。

半九郎が声をかける。

「いま入ってきた男ふたりに女ひとりの客の、隣の部屋に案内してくれ。ちとわけありなんだ」

懐から巾着をとりだした半九郎が、銭をつまみ出して、仲居の掌《て》に押しつけた。

「こんなことをされては、困ります」

といって掌を開いた仲居が驚いて、

「一朱」

とつぶやき、銭を強く握りしめた。

愛想笑いを浮かべていった。

「ご案内します」

草履《ぞうり》を脱いで廊下に上がった半九郎と南天堂が、先を行く仲居につづいた。

座敷に入った半九郎と南天堂が、隣室との境の襖《ふすま》のそばに片膝をついて座り、聞き耳をたてている。

「竹八、隣の部屋へ行け」

「はいはい。邪魔者は消えますよ」

襖が開け閉めされる音が聞こえた。

半九郎が南天堂に目配せする。

そろそろ始まるぞ、という合図だった。

うなずいた南天堂が、いつでも開けられるように襖に手をかけた。

突然、

「お千代」

「何するの。止めて」

岩松がお千代に飛びかかったのか、揉み合う音がした。

南天堂が襖を開ける。

帯から鞘《さや》ごと大刀を引き抜きながら、半九郎が躍《おど》り込んだ。

お千代を組み伏せていた岩松の首の後ろに、半九郎が大刀の鞘で突きを入れる。

短く呻いた岩松が、お千代の上に倒れかかった。

「何だ。どうした」

わめきながら襖を開けて飛び込んできた竹八の鳩尾《みぞおち》に、半九郎が鞘を突き立てる。

低く呻いて目を剝いた竹八が、その場に崩れ落ちた。

駆け寄った南天堂が、のしかかっていた岩松の躰をお千代から引き離す。

「秋月さん」

いまにも泣き出しそうな様子でお千代が呼びかける。

「もう大丈夫だ。お千代ちゃん、よく頑張ったな」

「怖かった。とっても、怖かった」

両手で顔を隠したお千代が、肩を震わせてむせび泣く。

そんなお千代から南天堂に目を移して、半九郎が告げる。

「南天堂、縄をくれ。これからふたりで手分けして、岩松と竹八に縄をかける。両手、両足首を結わえた後、躰をぐるぐる巻きに縛り上げるのだ」

「わかった」

袂から縄二束をとりだした南天堂が、半九郎に手渡す。

「おれが岩松を縛る。頑丈そうな躰だし、力も強そうだ。緩まないように縛らないと、縄抜けでもされたら大変だからな」

受け取った半九郎が岩松の前にしゃがみ込む。

懐から縄をとりだしながら、

「見損なわないでくれ。能ある鷹は爪を隠す。これでもおれはけっこう力持ちなんだ」

片膝ついた南天堂が竹八の両足首を縛り始める。

むせび泣くお千代の傍らで、半九郎と南天堂が、岩松と竹八を黙々と縛り上げていく。

五

花紫の主人にお騒がせ賃として、二分差し出した半九郎に主人は、

「ご丁寧に。ありがたくいただいておきます」

と、受け取った後、探る目で訊いてきた。

「これからどうされるおつもりで」

「目に余るふたりの所行、田原町の自身番に突き出して御上の裁きを受けさせる所存」

応えた半九郎に、主人は、

「私どもの見世には何の落ち度もなかった、と、ぜひ話していただきたく。私どもは決していかがわしい商いをやっているわけではありませんので。なにとぞ、よろしく。これはお返しいたします」

と二分を半九郎に返してきた。

その二分を、半九郎は、

「ありがたく頂戴します」

と受け取っている。

どの出合茶屋も、不義密通など人目を忍ぶ男女の逢瀬《おうせ》の場になっている。花紫も例外ではない。

主人は見世の内情にかかわる話はしないでほしい、といいたいのだろう。そう推察しながら半九郎は、二分を返してもらったのだった。


ぐるぐる巻きに縛り上げた岩松を半九郎が肩に担ぎ、竹八を南天堂とお千代がふたりがかりで抱えて外へ運び出した。

花紫の表に駕籠を置いて、権太と助吉が待っていた。

体格のいい岩松を駕籠に乗せ、竹八は半九郎が担いで、田原町の自身番へ向かった。駕籠の後ろからお千代と南天堂がついてくる。

行き交う人が、ぐるぐる巻きに縛り上げた竹八を担いで駕籠のそばに付き添って歩いて行く半九郎に、好奇の目を向けて通り過ぎていく。

いつのまにか、お千代と南天堂は少し離れてついてくるようになっていた。

開け放たれた自身番のなかに、大家たちと話している吉野の姿が見えた。

自身番に入ってきて、いきなり担いでいた竹八を砂利敷《じゃりじき》の白洲《しらす》に置いた半九郎を見て、大家が驚いた。

「ご浪人、これは何事ですかな」

問いかけてきた大家に、半九郎が、

「駕籠のなかにもうひとりいる。運び込むのを手伝ってくれ」

といい、自身番の前に置いてある駕籠に歩み寄って、駕籠の垂れを上げた。

やはり、縄でぐるぐる巻きにされた岩松が躰を折り曲げるようにして、座らされている。

番太ふたりが歩み寄ってきて、岩松を運び出すのを手伝ってくれた。

自身番の土間に、ふたりならべて横たえたところへ、お千代と南天堂が入ってきた。

「この娘さんと易者さんは、どういうかかわりの人かな」

訊いてきた大家に半九郎が応えた。

「おれは浪人秋月半九郎。このふたりは、おれと同じ蛇骨長屋に住む易者の南天堂さんとお千代ちゃんだ」

顎を岩松たちに向けてしゃくり、半九郎がつづけた。

「此奴《こやつ》らは岩松と竹八。火盗改の同心の手先だ。お千代ちゃんの兄さんは、大倉屋という売掛屋の奉公人で、なぜか主人殺しの下手人として火盗改に捕らえられた。此奴らは、拷問にあっている兄さんを種に、おれたちが拷問にあわないようにしてやる、といってお千代ちゃんを誘い出し、出合茶屋に連れ込んで凌辱しようとしたのだ。此奴らの悪巧みを察知して、おれと南天堂さん、表にいる駕籠屋の権太さん、助吉さんが力を合わせてお千代ちゃんをたすけた」

「火盗改の手先だって」

「そいつは厄介《やっかい》だ」

番太たちがざわめき、大家が不安そうな表情を浮かべた。

それまで素知らぬふりして様子を眺めていた吉野が、立ち上がって板敷きの上がり端《ばな》まで歩いてきた。

「南町奉行所年番方与力吉野伊左衛門である。いまの話、わしが仕掛かっている一件とかかわりがあるような気がする。お千代に訊く。そちの兄は何という名じゃ」

名指しされたお千代が、緊張に躰をかたくして応えた。

「長吉と申します」

「そうか。長吉というのか」

顔を半九郎に向けて、吉野が問いを重ねた。

「秋月殿とか申されたな、この火盗改同心の手先の名を聞きたい」

「岩松と竹八です。此奴らを使っている同心は小柳伸蔵さんです」

「そうか。ふたりは火盗改同心小柳伸蔵の手先か」

大家に顔を向けて、吉野が告げた。

「大家、たまたま立ち寄ったこの自身番で、わしはおもいもかけぬ科人に出くわしたぞ」

「それはどういうことでございますか」

問いかけた大家に吉野が応えた。

「大倉屋の主人殺しの疑いがかけられている長吉は、盗人《ぬすっと》一味にはかかわりがないと判明したので、昨日、火盗改より南町奉行所へ身柄を移されている。長吉の身柄受け渡しに立ち合ったわしがいうのだ。間違いない」

「兄ちゃんが南町奉行所に移された」

「南町のお奉行さまは切れ者と評判のお方だ。いい運が向いてきたかもな」

相次いでお千代と南天堂が声を上げた。

表で駕籠のそばに立っている権太と助吉も、おもわぬ展開に顔を見合わせる。

そんなお千代たちを半九郎がじっと見やっている。

「それでは、この縛り上げられているふたりは、嘘をいって、この娘を誘い出し、犯そうとしたのですか」

声を高めた大家に吉野が応えた。

「そういうことになるな。此奴らには、すでに長吉を取り調べる権限はない。小柳とかいう同心も、この一件の探索から外されている。昨日からな」

目を半九郎に注いで、吉野が告げた。

「秋月殿、お手柄であったな。岩松と竹八は、わしが責任を持って、南町奉行所へ運び込む。その前に、此奴らを正気にもどさねばならぬ。小者、このふたりに水をかけろ」

「お待ちください」

声をかけてきた半九郎に吉野が問うた。

「何だ」

「水をかける役目、私と、ここにいる南天堂さんにおまかせください。気絶させたのは私、正気づかせるのもこの手でやりとうございます」

「お願いします。やらせてください」

顔を突き出すようにして南天堂も訴えた。

吉野が応じた。

「その気持ち、わからぬでもない。御上の御威光を利用して、か弱き娘を弄ぼうとしたふたりを捕らえた手柄にたいする報償がわり、気がすむまで水をかけてやるがいい」

番太たちに向かって吉野が命じた。

「桶に入れた水を用意してまいれ。桶五、六荷《か》はいるぞ」

「直ちに」

番太の頭格が応え、番太たちが一斉に水をくみに走った。

岩松に半九郎が、竹八に南天堂が水をかけた。

派手にぶっかけられ、顔を振って岩松が、竹八が正気づいた。

がっかりして南天堂が声を上げた。

「何だよ。たった一杯で気づきやがった。拍子抜けしたな」

縛られたまま顔を上げて、岩松がわめいた。

「てめえら、こんなことをして、後がこわいぞ。おれは火盗改同心小柳伸蔵さまの手先だ。火盗改が黙っちゃいねえぞ」

その瞬間、吉野が声をかけた。

「秋月殿、許す、おのれが置かれた立場もわきまえず軽々しく火盗改の名を口に出す不届き者、今一度黙らせてくれ。南町奉行所に運び込むにもしても、そのほうがうるさくなくてよい。ただし、手加減してくれ。死なせては取り調べもできぬからな」

「承知しました」

帯から鞘ごと大刀を引き抜いた半九郎が岩松のそばに立った。

「てめえ、何をしやがる。止めろ」

手にした大刀を斜め上から突き下ろした。

脇腹を突かれ、岩松が大きく呻いて、気を失う。

近寄った半九郎に、竹八が悲鳴を上げた。

「勘弁してくれ。おとなしくする。許してくれ」

突こうとして大刀を持ち上げた半九郎が、吉野を振り向いた。

「そやつはよかろう。此奴らをこらしめるに至った経緯を聞きたい、秋月殿、お千代、南天堂、そこな権太と助吉。しばらくの間、付き合ってもらうぞ」

「承知した」

半九郎が応え、お千代が、

「兄ちゃんがどうしているか教えてください」

と訴え、南天堂がぼやいた。

「南町奉行所に呼ばれずにすむように、ここで全部聞いてもらいたい。とんだとばっちりだ」

「おれたちは、ただ駕籠を担いだだけで」

「ほんとにそれだけで」

権太と助吉は、困惑しきりでしょぼくれている。

六

自身番で吉野がお千代たちから話を聞いている頃……。

大倉屋の木戸門の内側で、引き上げる小柳と見送りに出た工藤が立ち話をしていた。

「小柳さんの手柄にしてもらおうとおもって、岩松たちを通じて主人殺しの下手人だとおもわれる長吉を引き渡したのですが、どうもうまくいきませんでしたな」

　苦々しい顔つきで話しかけた工藤に、しけた様子の小柳が応えた。

「おれも長吉の口を割らせようと、ぎりぎりのところまで拷問して責めたのだが、強情な奴でな。おれはやっていないの一点張りだった。もう少し時があったら、何とかなったのだが、まさか南町奉行の大岡様が乗り出してこられるとはおもってもいなかった」

「後の調べは南町奉行所の同心たちがやるわけか。私も取り調べられるんでしょうな。面倒なことだ」

　うんざりした工藤の口調だった。

「おれも探索の役目からはずされた。しばらくの間、外へ出かけるのもままならぬような有様になるだろう」

　溜息《ためいき》まじりにつぶやいた小柳から視線をそらして工藤がそっけなく告げた。

「また、そのうちに」

「引き上げさせてもらう」

　悄然と肩を落とした小柳が、工藤に背中を向けた。

　潜り口の扉を開けて、小柳が出て行く。

見届けた工藤が表戸に手をかけた。

苦々しい顔をして、お葉の居間に入ってきた工藤が、胡座をかいて舌を鳴らした。鏡に向かって髪の乱れを直しているお葉が、声をかけた。

「やけに機嫌が悪いじゃないか。どうしたんだい」

「どうもこうもない。長吉の身柄が、火盗改から南町奉行所に移された」

櫛《くし》を置いて、お葉が振り返った。

「どういうことなのさ。万事うまく運んでいたんじゃないのかい。これからどうなるんだろう」

「どうするか、いま考えているところだ」

不安な気持ちを抑えられなくなったのか、お葉が甲高い声を上げた。

「あたしゃ、生きた心地がしないよ。大倉屋を殺さなきゃよかったんだ。悪いけど、あたしゃ、小柳の旦那と、平さんの話を盗み聞きしたんだよ。隣の部屋に身を潜めてね」

「お葉。おまえ、何てことをするんだ。おれは、気づかなかった。おれは、なぜ、なぜ、気づかなかったんだ。気が動転していたのか」

独《ひと》り言《ご》ちて、工藤は畳に目を落とした。

剣の技を磨けば出世の道につながる。そう信じて、夢中になって剣の修行に励んだこと、ずば抜けた技の持ち主でないと世の中は受け入れてくれないとおもいしらされ、いずれ剣の達人になるだろうと評判になっていた、同じ年頃の旗本の子弟にどう足掻《あが》いても勝てなかったこと、やってきたことが無駄だったと知り、無頼仲間と付き合い、悪所をさすらっていた頃のことなどが工藤の頭のなかで走馬灯《そうまとう》のように駆け回っている。

〈南町奉行所が本気になって探索に乗り出せば、長吉が下手人でないことに気づくはずだ。真の下手人は、このおれだ。南町の探索の手は必ず、おれにのびてくる〉

思案の淵に沈み込んでいた工藤を、耳元でわめき立てるお葉の、悲鳴に似た声が現実に引きもどした。

「長吉の身柄が火盗改から南町奉行所に移されたってことは、一から調べが始まるかもしれないいってことだろう。下手人が他にいるとわかったら、どうするんだい。大倉屋を殺さなきゃよかったんだ。柱に頭をぶつけて大倉屋は気を失った。まだ死んではいなかった。あたしと一緒にその場にいた平さんが、いい機会だ。大倉屋を殺そう。長吉に罪をきせればすむ、と耳打ちしなければ、あたしゃ、その気にならなかったんだ」

　鋭い目で工藤がお葉を睨みつけた。

「お葉、止《や》めないか」

「止めないよ。大倉屋を殺さなきゃよかったんだ。いままでどおりやってりゃ、こんなおもいはしなくてすんだんだ」

　嘲笑《あざわら》って工藤がいった。

「やっと本心をみせたな」

「えっ、何をいってるんだい」

　呆気にとられたお葉の襟《えり》を、いきなりつかんだ工藤が、揺すりながら吠《ほ》えた。

「それほど、大倉屋が恋しいか。惚れていたのか」

　工藤の手を振りほどこうとしてもがきながら、お葉が叫んだ。

「そんなことないよ。惚れていたなんて、とんでもない。あたしは平さんからいわれて、あいつに渋々身請けされたんだ。厭で厭で、身震いしながら躰を許していたんだ。わかってるだろ、平さん」

「口では何とでもいえる。おれは誰も信じない」

　大きく目を見開いて、工藤を見つめながら、お葉が話しかけた。

「何をいってるんだよ。どうかしたんじゃないのかい。あたしゃ、平さんの、おまえさんのいうとおりにやってきたんだよ。わかってるだろ」

冷ややかな目でお葉を見据えて、工藤がいった。

「おまえが大倉屋に抱かれているとき、おれが、どんな気持ちでいたかわかるか。どんな厭なおもいをしていたか、一度でも考えたことがあったか」

「そんなこといったって、すべて平さんも承知の上でやったことだよ。あたしゃ、死に物狂いで尽くしてきたつもりだよ。わかっておくれよ」

「それがどうした」

「それが、どうした？　本気なのかい」

こころのなかを覗き込むように、瞬《まばた》きひとつしないで工藤を見つめたお葉が、

「平さん、怖いんだね。南町奉行所が動きだして、ほんとのことを突き止めるかもしれない。そしたら、平さんは大倉屋殺しの下手人として捕まえられるかもしれない。そうなるのが、怖いんじゃないのかい」

工藤は、表情ひとつ変えずにじっとお葉を見据えている。

必死にお葉が話しつづける。

「ねっ、逃げよう。どこか、知らない土地にいって、ひっそりと暮らそう。大倉屋

の金箱のなかには、贅沢《ぜいたく》しなきゃ、一生暮らせるぐらいの金が入っているよ。逃げよう。決心しておくれ」

工藤の腕をつかんで、お葉が揺すった。

ふっ、と工藤が薄ら笑いを浮かべた。

「平さん、どうしたのさ」

愕然としたお葉に、工藤が告げた。

「いま、こころが決まった」

冷え切った工藤の眼差しに、お葉がつぶやいた。

「まさか」

「おれは金が好きだ。このまま商いをつづければ、もっと金儲けができる。おれが大倉屋をやっていく」

引きつった笑みを浮かべてお葉がいった。

「それもいいけど、南町奉行所は見逃してくれないかもしれないよ、そのときは、どうするのさ」

「心配ない。下手人は、いる」

「下手人はいる？　どこの誰が下手人になってくれるのさ」

「お葉、おまえだ」

素早くお葉の首に手をまわした工藤が、一気に締め上げる。

目を白黒させ、手足をばたつかせて、お葉がもがく。

「お葉、長い付き合いだ。おまえの金釘流《かなくぎりゅう》の文字も、おれはそっくりに真似ができる。誰がみても、おまえの字だとおもうはずだ。おれは、おまえになりかわって〈大倉屋殺しの下手人はあたしだ。罪の意識にさいなまれて耐えられない。死んでおわびをする〉と遺書に書いてやる」

「平さん、あたしゃ」

苦しげに喘《あえ》ぐお葉に、

「お葉、おまえはいい女だったぜ。おれのために。命まで貢《みつ》いでくれるんだからな。死んでくれ」

首を締めている手に、工藤がさらに強く力を込めた。

大きく呻いたお葉が、小刻みに躰を震わせる。

次の瞬間、お葉の躰から、がっくり、と力が抜けた。

首から手を離した工藤が、お葉を畳の上に横たえる。

「ありがとう、お葉。最後まで尽くしてくれたな。さて、これから首吊りの支度にとりかかるか。どの鴨居がいいかな」

工藤が部屋の上部に視線を走らせた。

七

翌朝、半九郎は大倉屋へ向かった。

大倉屋に乗り込んで工藤に会い、

「美坂で、早手の辰造をまじえて話し合った、噂の種を買いとってもらう一件をすすめにきた」

といって、工藤の出方をみようと考えている。

長吉は南町奉行所の牢に入っている。岩松と竹八は昨夜、吉野が捕縛した。火盗改の動きは封じられている。

此度の一件にかんして、残る気がかりな相手は、工藤とお葉だった。

確証はないが、浪人たちに早手の辰造と半九郎を襲わせたのは工藤だと、半九郎は見立てている。

お葉は、髪を結いにきてくれ、と自分からお仲に頼んだにもかかわらず、突然、使いをよこして、髪を結いにこなくていい、と断ってきている。

このふたりは、大倉屋が殺されたとき、その場にいたに違いない、と、半九郎は推断していた。

朝五つ（午前八時）過ぎ、大倉屋に着いた半九郎は、おもわず目を見張った。

大倉屋の木戸門の前に、自身番の番太とおもわれるふたりが立ち番をしている。

その前には人だかりがしていた。

大倉屋で何かが起こったことだけは、たしかだった。

人だかりに歩み寄った半九郎は、一番後ろに立っている職人風の初老の男に声をかけた。

「何の騒ぎだ。用があってきたのだが、これではなかに入れぬではないか」

「あっしも、ご同様でさ。小耳にはさんだ話じゃ、女将《おかみ》さんが首を吊ったみたいですぜ」

「首を吊った？　ほんとうか」

「あっしに訊かれても、そこんところは」

と男が苦笑いを浮かべた。

「それも、そうだな」

応じた半九郎は、張り込む場所を求めて、ぐるりを見渡した。

大倉屋を見張ることができる通り抜けに、半九郎が身を潜めてから小半刻（三十分）ほど過ぎた頃、のんびりとした足取りでやってきた工藤が、人だかりを見て驚いたのか、いったん立ち止まり、急ぎ足になって野次馬たちをかきわけ、木戸門の前で立ち番している番太と何やらことばを交わし、潜り口からなかに入っていった。

つづいて、南町奉行所の同心や岡っ引きたちがやってきた。

一連の動きからみて、通いの奉公人がやってきて、首を吊っているお葉を見いだし自身番へ届け出て、番太たちが出張ってきたのだろう。

立ち番している番太以外の番太が同心たちに知らせて、一緒にやってきた。動きからみて、これから調べが始まるのだろう。そう判じた半九郎は、張り込んでいた場所から離れることにした。

お葉が死んだ以上、大倉屋殺しにかかわる者で残っているのは工藤ひとり、ということになる。

どう考えても、お葉が自ら命を絶つ、とはおもえなかった。

お葉には、これから先はいいことずくめの暮らしが待っている。長年そばにいる相思相愛の工藤と、晴れて所帯をもつこともできる。大倉屋の商いも順調にいっている。

相談人として大倉屋にかかわってきたということは、工藤がいるかぎり、大倉屋の屋台骨は揺るがないということを意味する。

つまるところ、工藤とお葉は、金と色との二筋道の両方を手に入れたことになる。

ふたりにとって、不安なことは、ただひとつ。大倉屋殺しの探索が、火盗改から南町奉行所の手に移ったことだろう。

ならず者同然の岩松と竹八を金の力で縛って、経験不足のくせに手柄を立てたいと焦る小柳を操る。長吉が小柳の拷問に耐えかねて、やってもいない罪を認めれば、万事うまくおさまったはずなのだ。

その策が、南町奉行所に長吉の身柄が移って、すべて狂った。

(工藤は、長吉以外の、新たな大倉屋殺しの下手人を仕立て上げねばならなかったのだ)

そう思案をおしすすめて半九郎は、ひとつの結論を得た。

(工藤を御法度《ごはっと》で裁くことは無理だ。工藤は臨機応変にことに対処する力を持っている。おそらく上手に立ちまわって、逃げおおせるだろう)

「処断するしかない」

無意識のうちに半九郎は口に出していた。

草同心は、御法度の網の目をかいくぐり、今後も悪事を重ねていくに違いないと判じた悪人を処刑する権限を、御上より与えられていた。

（この上は、工藤に直に問い質《ただ》し、果たし合いを申し入れるしかない）

そう決めた半九郎は、いま一度大倉屋を張り込み、出てきた工藤に声をかけ、

「先夜、浪人たちにおれと辰造を襲わせたのは、おまえだろう。決着をつけにきた」

とつきまとい、勝負するしかないように迫っていく、と腹をくくった。

西空を、沈む夕日が茜《あかね》色に染めている。

荒れ果てた寺の境内で、半九郎と工藤は対峙していた。

「ここなら誰の邪魔も入らない。十数年前から住む者のいないところだ。ゆっくりと話し合おう。おれと組みたいのなら、組んでやってもいいぞ」

声をかけてきた工藤に半九郎が応えた。

「立ち番の番太に小銭をつかませて聞き出した。お葉は〈大倉屋を殺したのはあた

しだ。死んでおわびをする〉旨《むね》の遺書を残していたそうだな。工藤、おまえが仕組んだことか」

せせら笑って、工藤が応えた。

「仕組んだとは、何たる言い草だ。ただの素浪人が、何のために、くだらないことに首を突っ込んで嗅ぎまわるのだ。町方の同心でもあるまいに。待てよ、同心？」

その瞬間、何か閃《ひらめ》くものがあったのか、工藤が息を呑んだ。

「秋月、そうか」

はた、と半九郎を見据えて工藤がいった。

「その目だ。さわやかな、おまえの目に似た目に憶えがある。そいつの名も秋月だった。草同心で、おれが探索している事件を秋月も追っていた。正体を明かし合って、協力しようと約束して別れて一月後、秋月は死んだ。辻斬りにでもあったのだろうと、秋月の死は処理されたが、おれは何者かに殺されたとみている。まさか、貴様は」

「その秋月の倅《せがれ》だ。工藤、父上のことを知っている貴様も草同心か」

「そうだ。秋月、草同心などくだらぬ。真面目に勤め上げるなど馬鹿だ。たかが三十俵の陰扶持で、命をかけて働いて何になる。おれは、草同心だった叔父貴の跡を継ぐ形で草同心になった。草同心を拝命した者が命を失うと、その草同心の親類縁者のなかから、新たな草同心になる者が選ばれるという決まりになっているそうだ。おれは、その決まりにしたがって、望んでもいなかったのに、ただ剣の達者という理由だけで草同心の任につかされた」

半九郎は、凝然と工藤を見つめている。

さらに工藤が話しつづけた。

「あの秋月の息子なら、縁がある。手を組もう。売掛屋は儲かる。いい暮らしができるぞ。三十俵など、食うのがやっとの扶持だ。草同心など、そこらへんの噂話をひろって、年番方与力が喜ぶように話を書き足しておけばいいだけの務めだ。貴様の父御《てて ご》やおれの叔父貴のように生真面目に励む価値などない務めだ。わからないか」

「ひとつだけ訊きたい。お葉を殺したのか」

「そうだ、といったらどうする、おれは、生き残るためなら何でもする。そのためなら親も、子も、惚れた女も殺す。生きるとは、そういうことだと世の中が教えてくれた」

「抜け。貴様とは組めぬ」

半九郎が大刀を抜いた。

「愚か者め、一生空きっ腹をかかえて、うろつきまわることになるぞ」

憎悪の目で見据えて工藤が大刀を抜き放つ。

「死ね」

斬りかかってきた工藤の剣をはじき返しながら、半九郎が工藤の脇を走り抜ける。

立ち位置を変えて、ふたりは睨み合った。

せせら笑って工藤が告げた。

「修羅場に慣れておらぬな。瞬時にして、相手の力量を計る。それが、勝ち負けを決める。見ろ、貴様の右袖を」

半九郎の小袖の右袖が斬り裂かれ、垂れ下がっている。

「わかっている。わずかに腕を縮めて斬りかかり、相手の間近に迫ったとき、一気に手を伸ばす仕掛け技。避けるのがやっとだった」

「次は仕損じぬ」

八双に構えた工藤にたいし、半九郎は青眼に構えた。切っ先をわずかに上向かせる。

「肉を斬らせて骨を断つ。相打ち覚悟で仕掛ける。工藤、貴様は強い。が、おれは

「負けぬ」

気迫を漲《みなぎ》らせた半九郎に、工藤が応じた。

「生き残るのはおれだ」

吠えるなり工藤が斬りかかるのと、半九郎が突きを入れるべく突っ込むのが同時だった。

互いの切っ先が触れあう間合いに達したとき、半九郎は柄《つか》から右手を離した。瞬時に脇差に手を伸ばし、左に転がりながら工藤めがけて投げつけていた。

脇差は工藤の下腹に深々と突き立っている。

「脇差を投じるとは、卑怯《ひきょう》」

喘ぐようにいい、工藤がその場に頽《くずお》れた。

起き上がった半九郎が、下段に大刀を置いて、工藤を油断なく見据えている。

数日後、南町奉行所の表門の前には、お千代、お杉を中心に半九郎、南天堂、お仲、留助に権太、助吉など蛇骨長屋の住人たちと大家の久兵衛やお町が群れていた。

同心とともに長吉が出てくる。出迎えたお杉たちが長吉に駆け寄った。半九郎もその輪のなかにいる。

少し離れた場所に立つ、深編笠をかぶった、着流しの忍び姿のふたりの武士がいた。

ひとりは南町奉行大岡越前守であり、ひとりは年番方与力吉野伊左衛門であった。

深編笠の端を持ち上げて吉野が大岡に話しかけた。

「岩松と竹八は死罪、火盗改同心の小柳伸蔵は、何者かと果たし合って果てた大倉屋の工藤某《なにがし》から何度も酒宴の接待を受けていたことを咎められ、内々の処置ではすまぬとの仕儀に至って、御役御免の上、閉門と決まりました。長吉は無罪放免。江戸の庶民たちは、この裁きに拍手喝采しております」

出迎えた町人たちのなかにいる半九郎を見つめたまま大岡が応じた。

「何もかも草同心秋月半九郎がひろってきた事件の種がきっかけだ。秋月がいなければ長吉は死罪になっていたかもしれぬ。これからは、科なき者が捕らえられ処罰されそうなときには、親類縁者が再吟味を願い出ることができるよう、早々に触れを出さねばならぬな」

「そうなれば無実の証《あかし》を立てられずに処断される者は少なくなるでしょう」

「できれば無実の者すべてを救いたいものだ」

大岡のことばは、時を移さず実行され、科なき者の再吟味を親類縁者が願いでるように、との町触れがまわされた。この触れを出したことで大岡の名は一躍、有名になった。

紺碧《こんぺき》の空に白い雲が浮いている。

陽光が、道行く人たちを暖かく包み込んでいた。

そんな陽差しを浴びながら、長吉を取り囲んで蛇骨長屋へ向かう半九郎たちの足取りは、さわやかに吹き抜ける風のように軽やかだった。

本書は書下ろしです。

実業之日本社文庫　最新刊

あさのあつこ

風を繍《ぬ》う　針と剣　縫箔屋事件帖

剣才ある町娘と、刺繍職人を志す若侍。ふたりの人生が交差したとき殺人事件が——一気読み必至の時代青春ミステリーシリーズ第一弾！（解説・青木千恵）

あ12 2

梓 林太郎

反逆の山

拳銃を持った男が八ヶ岳へと逃亡。追跡が難航するなか、拳銃の男から捜査陣にある電話がかかってくる。犯人と捜査員の死闘を描く長編山岳ミステリー

あ3 13

安達 瑶

悪徳《ブラック》探偵　ドッキリしたいの

ブラックフィールド探偵事務所が芸能界に進出！　人気上昇中の所属アイドルに魔の手が……!?　エロスとユーモア満点の絶好調のシリーズ第五弾！

あ8 5

植田文博

99の羊と20000の殺人

寝たきりで入院中の息子の病名を調べてほしい——。凸凹コンビの元に、依頼が舞い込んだ。奇病の謎を追う、どんでん返し医療ミステリー。衝撃の真実とは!?

う6 1

風野真知雄

東京駅の歴史殺人事件　歴史探偵・月村弘平の事件簿

東京駅で連続殺人事件が起きた。二つの事件現場はかつて二人の首相が暗殺された場所だった。月村と恋人の刑事・夕湖が真相に迫る書下ろしミステリー！

か1 8

今野 敏

マル暴総監

史上〝最弱〟の刑事・甘糟が大ピンチ!?　殺人事件の捜査線上に浮かんだ男はまさかの……痛快〈マル暴〉シリーズ待望の第二弾！（解説・関口苑生）

こ2 13

実業之日本社文庫　最新刊

睦月影郎
美女アスリート淫ら合宿
童貞の藤夫は、女子大新体操部の合宿に雑用係として参加する。美熟女コーチ、4人の美女部員、賄い係の巨乳主婦との夢のような日々が待っていた！

む211

木宮条太郎
水族館ガール6
派手なジャンプばかりがイルカライブじゃない――アクアパークのイルカ・ルンのおなかに小さな命が。出産に向けて前代未聞のプロジェクトが始まった！

も46

山本幸久
あっぱれアヒルバス
外国人向けオタクツアーのガイドを担当したデコ。しかし最悪の通訳ガイド・本多のおかげでトラブルが続発で大騒動に…!?　笑いと感動を運ぶお仕事小説。

や23

吉田雄亮
草同心江戸鏡
長屋の浪人にして免許皆伝の優男、裏の顔は!?　浅草は浅草寺に近い蛇骨長屋に住む草同心・秋月半九郎が江戸の悪を斬る！　書下ろし時代人情サスペンス。

よ54

浅田次郎、火坂雅志ほか／末國善己編
動乱！　江戸城
泰平の世と言われた江戸250年。宿命を背負って困難と立ちむかった人々の生きざまを、浅田次郎、火坂雅志ほか豪華作家陣が描く傑作歴史・時代小説集。

ん29

筒井康隆 原作
筒井漫画瀆本　壱
日本文学界の鬼才・筒井康隆の作品を、17名の漫画家が衝撃コミカライズ！　SF、スラップスティック、不条理……予測不能のツツイ世界!!（解説・藤田直哉）
ん73

実業之日本社文庫　好評既刊

倉阪鬼一郎

人情料理わん屋

味わった人に平安が訪れるようにと願いが込められた料理と丁寧に作られた器が、不思議な出来事と人の縁と幸せを運んでくる。書き下ろし江戸人情物語。

く45

車 浮代

落語怪談 えんま寄席

「芝浜」「火事息子」「明烏」……落語の世界の住人が死後に連れてこられる「えんま寄席」でのお裁きは？ 本当は怖い落語ミステリー。（解説・細谷正充）

く81

鳥羽 亮

剣客旗本春秋譚

朋友・糸川の妹・おみつを妻に迎えた非役の旗本・青井市之介のもとに事件が舞い込む。殺し人たちの元締「闇の旦那」と対決!! 人気シリーズ新章開幕、第一弾！

と213

鳥羽亮

剣客旗本春秋譚 剣友とともに

老舗の呉服屋の主人と手代が殺された。探索を続ける中、今度は糸川の配下の御小人目付が惨殺された。糸川らは敵を討つと誓う。人気シリーズ新章第三弾!!

と215

葉室 麟

草雲雀

ひとはひとりでは生きていけませぬ――愛する者のために剣を抜いた男の運命は!? 名手が遺した感涙の時代エンターテインメント！（解説・島内景二）

は52

実業之日本社文庫 よ54

草《くさ》同《どう》心《しん》江《え》戸《ど》鏡《かがみ》

2019年8月15日　初版第1刷発行

著　者　吉《よし》田《だ》雄亮《ゆうすけ》

発行者　岩野裕一
発行所　株式会社実業之日本社
〒107-0062　東京都港区南青山5-4-30
CoSTUME NATIONAL Aoyama Complex 2F
電話［編集］03(6809)0473［販売］03(6809)0495
ホームページ　http://www.j-n.co.jp/
DTP　ラッシュ
印刷所　大日本印刷株式会社
製本所　大日本印刷株式会社

フォーマットデザイン　鈴木正道（Suzuki Design）

ISBN978-4-408-55499-0（第二文芸）